KB016806

당신은
내 운명,

당신은
내 웬수

성공의 관점에서 바라본
연인 · 부부 · 자녀관계에 대한 명쾌한 해법!

당신은 내운명, 당신은 내 웬수

박정수 지음

창해

차
례

chapter 02 당신은 내 운명, 당신은 내 웬수

_기혼인 분들에게 하고픈 말

chapter 03 자녀 교육은 이렇게

_자녀 교육이 고민인 분들에게 하고픈 말

나도 강한 남자이다. 그러나

나는 성격이 강한 남자이다.

부드럽지가 못하다. 뭘 한번 한다고 하면 끝장을 보려고 하고, 항상 목표로 삼았던 것은 꼭 이루고야 마는 성격이고, 누군가와 대화를 할 때도 강한 어조를 가지고, 똑 부러지는 성격의 소유자이다.

회사 일을 진행할 때도 난 언제나 일사불란하고 진취적이고 도전적이다. 불가능이라는 말을 싫어하고, 해보지도 않고 힘들 것 같다는 그런 말을 아주 싫어한다.

또한 의리가 강하고, 불의를 보면 참지 못하는 성격을 가진 남자다. 그래서 주변 사람들이 날 강하게 보게 된다.

또한 부부관계에서도 가부장적인 면이 강해서 와이프가 나를 대하기가 쉽지가 않을 것이다. 와이프는 종종 나에게 요즘 같은 시대에 가부장적인 남편이 어디 있냐며 힐난을 하기도 한다. 물론 그렇다.

이렇게 겉모습을 보면 강해 보이는 나도 솔직히 속마음은 한없이 여리고, 정이 많고, 눈물도 많다. 게다가 사람들에게 상처도 많이 받고, 어떤 일에 크게 마음 아파하는 아주 순둥이 중의 순둥이라고나 할까?

그런 약한 모습, 순한 모습, 눈물이 많은 모습을 들키지 않으려고 억지로 강한 모습으로 대응을 하는 것이다. 강해서 강해 보이는 게 아니라 약해서 강해 보이려 노력한다고나 할까?

그런데 이렇게 강해 보이는 남자들의 특징은 와이프에게 크게 의존한다는 점이다. 하긴 어디 강해 보이는 남자만 그러겠는가? 세상의 모든 남자들은 와이프에게 의존하며 사는 게 현실일 것이다.

와이프의 한마디에 세상 천하를 얻은 것 같고, 와이프가 해주는 위로 한마디가 삶의 보람이 되고, 와이프가 해주는 반찬 하나하나가 보약을 먹는 것 같고, 와이프의 사랑으로 항상 살아간다는 것이다. 그게 바로 지금을 살아가는 남자의 특징이다. 그러니 남자의 발전과 성공은 오직 와이프에게 달려 있다고 해도 과언이 아니다.

그래서 남자에게 있어 좋은 부부관계는 정말 중요한 핵심 포인트이다. 남자가 부부관계가 좋지 못하면 직장 생활에서도 두각을 나타내지 못하고, 사업을 하게 되어도 성공하기가 어렵고, 사회생활을 하는 데도 어려움이 많아지게 된다.

그만큼 부부관계는 이런 사람들에게 실로 중요하다.

물론 부부관계가 이렇게 강한 남자, 강한 남편이 있는 부부에게만 중요하랴? 부드러운 성격의 남편에게도 중요하겠지. 하지만 강한 성격의 남편일수록 와이프에게 많이 의지한다는 것을 말하고 싶은 것이다.

남자란 게 알고 보면 어린애와 똑같다. 어린애는 엄마에게 의지하고 살고, 남자는 와이프에게 의지하고 사는 그런 게….

그런 의미에서 나는 와이프의 의미가 무엇일까를 이 책에 담고 싶었고, 와이프가 어떻게 하면 남편의 기를 살릴 수 있는지 그리고 그게 어떻게 부부의 성공적인 관계로 이어질 수 있는지 나만의 시각으로 책을 쓰고 싶었다.

보통의 시각이 아닌 강한 성격의 소유자가 보는 남편과 와이프의 관계, 부부의 성공적인 모습!

이 책의 내용은 시중에 나와 있는 일반 부부관계 책과는 내용이 많이 색다르다. 나야 부부관계 전문가도 아니요, 수년 동안 부부관계를 연구해온 사람도 아니다. 그러니 내가 부부관계의 본질적인 면에 대해서 알면 얼마나 알겠는가?

대신 난 부부관계를 성공의 관점에서 바라보는 내용을 써보고 싶었다. 남성과 여성이라는 이성적인 면이 아닌, 사회생활에서 성공을 하려면 부부관계가 어떠했으면 좋겠다는 선배적인 관점에서 기술을 해보고 싶었던 것이다.

또한 실제 부부생활에 접목이 가능한 내용들, 남편의 기를 살려주고 와이프가 남편에게 존경받을 수 있는 방법이 뭘까라는 그동안의 나만의 궁금증이 이 책을 쓰는 계기가 되었던 것 같다.

그리고 아직 미혼인 분들에게 결혼을 하기 전 어떤 사람을 만나지 말아야 하는지도 쓰고 싶었다. 결혼이라는 것은 단순히 남자와 여자가 만나서 한집에서 살아가는 게 아니라 사회적인 생활, 경제적인 생활을 같이 해나가야 한다. 그런데 실수로 배우자를 잘못 만나 평생 경제적으로 힘들고, 후회하는 삶을 사는 사람들이 내 주변에는 정말 많았다.

그래서 난 결혼을 아직 안 한 미혼분들에게 어떤 사람을 절대 만나지 말라는 말을 해주고 싶었다. 그 내용을 이 책에 기술했다.

또한 남녀가 결혼을 한 뒤 자녀를 낳게 되면 어떤 방식으로 자녀를 키웠으면 하는가에 대한 나만의 시각을 써보았다.

단순히 공부 잘하고 나중에 무난한 직장에 다닐 그런 사람으로 키우지 말고, 더 크게 성공할 수 있는 그런 자녀를 만들기 위해 부모로서 어떻게 했으면 좋겠다는 바람을 기록했다. 지금의 한국이라는 자본주의 사회에서 자녀가 공부를 잘한다고 해서 사회생활과 경제생활에서도 성공하는 시대는 끝났다고 난 생각한다. 그러기에 어떻게 자녀를 키우면 그 자녀가 사회에서 성공할 수 있는지에 대한 나만의 독특한 시각을 이 책에 기술했다.

이 책을 읽는 독자분 중에는 이 책을 욕하는 분도 계실 것이고, 좋아하는 분도 계실 것이다. 실제로 나는 이번 책 원고를 준비하면서 모든 독자분에게 이해를 바라며 대중적으로 글을 쓰지는 않았다. 이 책을 읽고 참 좋은 내용이라고 생각하시는 분들에게 도움을 드리고 싶었던 것이다.

아마 남녀평등을 요구하는 여성들에게는 이 책의 많은 내용이 욕을 먹게 될 거라 예상한다. 박정수라는 남자는 이성관계, 부부관계, 자녀 교육에 대해서 이런 생각을 하고 사는구나 하고 넓은 아량으로 이해해주셨으면 한다.

2020년 2월 11일 탈고 후 기쁜 마음으로 출판사에 원고를 넘기며…

_ chap 1

이럴 거면 헤어지자

_미혼인 분들에게 하고픈 말

여자가 질투가 많다?

＼

혹시 당신은 질투가 많은 여자를 만나고 있는가?

그런 여자를 지금 사귀고 있는가?

그러면 지금 이 글을 읽는 즉시 바로 헤어지자.

여자의 질투는 그 어느 것으로도 이길 수 없다.

또한 질투가 많은 여자는 절대로 그 성격을 못 고친다. 원래 사람이라는 게 성격을 고치기가 그렇게도 힘든 것인데, 질투라는 것은 아예 고치지를 못한다. 질투라는 병은 고질병 중 고질병이다. 이 병은 자기 자신을 죽이는 게 아니라 자기 자신과 상대방 또는 배우자의 영혼을 완전히 썩게 만드는 최고의 고질병이자 난치병이다.

또한 질투가 많은 여자는 남자의 피를 말려 죽인다. 정말이다. 무슨 행동 하나하나가 모든 게 다 질투의 대상이 된다. 내가 볼 때는 질투가 많다는 것 자체가 어쩌면 정신병이 아닐까 생각될 정도로 무서움의 대상이다.

당신이 평생을 마음 놓고 편안하게 살고 싶다면 절대로 질투가 많은 여자와 사귀어서는 안 된다. 혹시 그런 여자와 깊은 정을 나누고 이미 모텔에도 갔고, 섹스도 여러 번 했고 해서 헤어질 수가 없다고 말하는 남자가 있다면 그건 병신 쪼다 같은 생각이다.

그런 과거의 그런 조그만 실수 때문에 이후에 평생을 가슴 졸이고, 피가 마르게 살고 싶은가? 매일 그 여성의 전화에 시달려야 하고, 끊임없는 의심에 감시당해야 하고, 누군가와 대화만 나눠도 몰아치는 질투의 화를 견딜 수 있겠는가?

그 여자의 성격이 시간이 지나면 바뀔 거라고? 내가 자신하는데 여자의 질투는 절대로 바뀌지도 않고, 사그라들지도 않고 시간이 갈수록 더욱더 커지게 되어 있다. 계속 부풀어 오르는 풍선과 같다.

그러니 부디 그런 여자는 버리자. 세상에는 널리고 널린 게 질투 없는 여자다.

하긴 질투가 어디 여자만 있으랴?
질투가 많은 남자가 있다면 이런 사람도 무조건 버려라.

다른 사람의 말을 경청하지 않는…

혹시 당신의 남자친구가 자기주장이 강한 편인가?

다른 사람들과 대화를 할 때 자기주장이 강하고 남의 말은 잘 들으려 하지 않는가? 오직 자기 의견만 맞는다고 주장하는 사람인가?

만약 이런 사람이라면 빨리 헤어져야 한다. 이런 사람들치고 제대로 인성을 갖춘 사람이 없다. 오직 자기주장만이 옳다고 주장하고 다른 사람의 의견은 잘 들으려고 하지 않는 사람은 사회생활을 하면서도 인정을 받지 못하고 그저 팽 당하기가 아주 쉬운 사람이다. 자기가 옳다고만 하고 남의 말은 들으려고 하지도 않으니 회사 안에서도 인정해줄 사람이 없게 되고, 사회에서의 인간관계도 좋을 수 없을 것이다.

게다가 이런 사람은 나중에 결혼을 하면 와이프의 의견을 완전히 무시하고 자기 의견만 옳다고 소리를 지를 사람이다. 이런 사람과는 바로 헤어져야 한다. 만약 이런 사람과 계속 사귀거나 결혼을 하게 되면 당신의 인생은 파탄나기 쉽다.

왜 이런 사람과 만나거나 결혼을 해야 한단 말인가?

자기주장이 강해서 멋있어 보이는 건가? 예전에야 자기주장이 확실하고 말을 잘하는 사람이 멋있다고 칭송받는 경우도 있었다. 하지만 지금은 그런 시대가 아니다.

자기주장이 강하고 남의 말을 경청하지 않는 남자는 부부생활을 하면서도 와이프의 말을 무시하고 자기주장대로 행동하는 경우가 다반사다. 와이프의 입장을 생각하지 않는다. 그러다 보니 부부 갈등이 커지고 와이프가 아무리 노력을 해도 그 간격이 좁혀지지 않는다.

그러니 제발 이런 남자는 만나지 말자. 세상에는 정말 좋은 남자들이 많다. 그놈의 정 때문에 이런 남자에게 연연하는 것은 당신의 인생을 파멸시키는 자책골이다. 그러니 이런 남자는 과감히 버려버리자. 그리고 남의 말을 잘 들어주는 그런 남자를 만나자.

매사에 부정적인 사람을 처단하자

＼

무슨 말이든 부정적인 말만 하는 사람이 있다.

어떤 것을 하자고 제안을 해도 갖가지 이유를 대며 힘들 거라고 말하는 사람이 있다. 또 어떤 작업을 하려고 해도 항상 도중에 수많은 데이터를 보여주면서 그것은 이러이러해서 안 될 확률이 크니 하지 말자고 하는 사람들이 의외로 많다.

난 이런 사람들은 절대로 결혼을 하면 안 된다고 생각한다. 부정적인 생각을 가진 사람은 항상 모든 일을 삐딱하게 보고, 그것에 따라 행동을 하기 때문에 좋은 일도 언제나 나쁘게 만드는 마법을 가진 사람이다. 이런 사람에게는 주변에 도와줄 사람도 없고, 언제나 자기 혼자만의 부정적인 생각에 빠져 허우적거리게 된다.

또한 이런 사람은 결혼을 해서 배우자를 경제적으로나 정신적으로 아주 힘들게 만들 수밖에 없는 사람으로서, 절대로 결혼을 하거나 누군가를 사귀어서는 안 된다. 결혼을 하고 나서도 와이프가 가정사에 대해 뭔가 상의를 해도 대부분 부정적으로 받아들이고,

자녀 문제에 대해서도 언제나 부정적으로 생각하고 거기에 따라 행동하게 되어 항상 많은 가정문제를 발화시킨다.

또한 이런 사람은 지금과 같은 자본주의 사회에서 부자가 되는 것에 대해서도 부정적이고, 투자 같은 것을 아주 나쁘다고 여긴다.

이런 사람에게는 신神이 절대로 좋은 기운을 주지도 않을뿐더러 항상 어렵고 힘든 일만 생기게 만드신다. 당신이 신이라면 이런 사람을 좋아하겠는가?

매사에 하는 일이 어렵게만 되고, 가정사도 항상 꼬이기만 한다. 무슨 사업을 해도 망하기 일쑤이고, 주변의 모든 사람에게 욕을 먹는다. 매일 부정적인 생각, 부정적인 말만 하는데 뭐 하나 제대로 되는 게 있겠냐 말이다.

그렇다면 당신은 이런 사람을 만나야 하겠는가?

당신이 만약 미혼이라면 그리고 남자를 만난다면 그 남자가 평상시에 부정적인 말을 자주 하는지 유심히 살펴야 한다.

부정적인 말이 많으면 묻지도 따지지도 말고 무조건 헤어져라.

이런 부정적인 사람은 자기 자신을 좋아할 여자가 많지 않다는 것을 알기 때문에 당신을 끝까지 붙잡고 놓아주지 않을 것이다. 당신 옆에서 펑펑 눈물도 흘릴 수도 있다. 하지만 그런 것에 속지 마라. 그것에 미련이 남거나 지금까지 만나온 시간이 아까워서, 그

동안의 정 때문에 헤어지지 못하면 당신은 결혼 이후 지옥에서 사는 결과를 초래하게 된다.

또한 당신이 이런 부정적인 사람과 결혼했다면 하루빨리 헤어져야 한다. 그래야 당신의 인생이 바르게 간다. 그리고 자녀들도 제대로 된 인간이 된다. 이런 남편과 계속 산다면 당신뿐만 아니라 자녀들까지 완전히 바닥과 같은 인생을 살 가능성이 아주 크다.

그러니 부정적인 사람은 당신 주변에서 무조건 뿌리째 뽑아버려야 한다.

자신감 없는 남자는
절대로 만나지 말자

결혼을 하면 가정을 이끌어 나가는 건 남편이다. 아무리 와이프가 경제적으로 능력이 있다고 해도 남편이 가장이기 때문에 우리나라에서 살아간다고 하면 언제나 남편 중심으로 가정이 움직일 수밖에 없다. 그래서 남편을 잘 만나야 한다는 말도 이런 데서 유래된 것이 아니겠는가?

그런데 당신의 남편 될 사람이 만약 살아가는 데 있어 자신감이 없는 사람이라면 어떨 거 같은가? 자신감은 없지만 대신 착하고 선하기만 하다면 어떨 거 같은가? 그렇게 착한 성품의 남편이라면 항상 행복할 거 같은가?

난 착하고 선하지만 자신감이 없는 사람은 사회생활을 하면서 다른 사람의 먹잇감이 되기 아주 쉬울 거라고 생각한다. 실제로 당신 주변에도 착하지만 매사에 자신감이 없어 보이는 사람들을 많지 않은가?

그런 사람들은 자기의 성품이 착하기 때문에 세상을 살아가는 다른 사람들도 모두 자기처럼 착할 거라고 생각하는 경우가 많다. 그러다 보면 주변에서 돈 냄새를 잘 맡는 똥파리 같은 사람들이 착한 사람을 이용해서 이익을 챙기려 하게 되어 있다.

실제로 얼마나 많은 착한 사람들이 주변 사람들에게 사기를 당하고 모함을 당하는지는 당신도 주변에서 많이 봐왔을 것이다.

게다가 회사에서도 이런 착한 사람들을 자기의 승진이나 다른 목적을 위해 도구처럼 사용하는 경우가 많다. 또한 형제, 친척들도 이런 사람들에게 끊임없이 부탁하고 또 부탁하는 경우가 아주 많다.

그래서 실제로 중요한 것은 착한 성품이 아니라 자기 자신에 대한 자신감이다. 자신감이 있어야 세상 사람들에게 이용을 당하지 않고, 당신의 가족을 튼튼히 지킬 수 있는 것이다.

자기 인생에 대해 자신감이 없는 사람은 자신감을 갖기 전까지는 절대 결혼을 해서는 안 된다. 그런 사람이 결혼하면 자기 자신만 힘들게 하는 게 아니라 배우자와 자녀들까지 힘들게 만들 테니 말이다.

자신감을 가지기에 가장 좋은 방법은 많은 경험을 해보는 것이다. 조그마한 것부터 수없이 많은 경험을 해 나가면서 자기 자신에 대한 자신감을 가지게 되는 것이다. 그리고 그런 자신감을 갖춘 상황에서 더 멋진 이성 친구도 만나게 되는 것이다. 자신감이 없는 상태에서 만나는 이성 친구는 수준이 별로일 수밖에 없다. 자신감이 없는 사람이 이성을 만나봐야 자기 수준밖에 안 되는 사람 아니겠는가?

그러니 당신!
이성 친구를 사귀기 전에 먼저 자신감부터 갖춰보자.

돈을 잘 쓰지 않는 사람과는…

＼

평상시에 돈을 잘 쓰지 않는 사람들이 있다.

물론 자기의 남자친구 또는 여자친구에게만큼은 돈을 잘 쓴다 해도 주변 사람들에게는 아주 인색한 사람들이 있다. 이런 사람들이 사회생활을 잘할 수 있을 거 같은가?

난 절대 그러지 않는다고 생각한다. 돈 쓰는 데 인색하면 주변에서 사람이 없어진다.

주변 사람들에게 밥 한 끼 제대로 사지 않는 사람, 주변 사람들에게 술 한 잔 변변히 사지도 못하는 사람, 주변 사람들에게 베풀 줄 모르는 사람, 항상 주변 사람들에게 얻어먹으려고만 하는 사람.

이런 사람들은 정말로 자기밖에 모르는 생활을 하게 된다. 그러다 보니 주변 사람들에게서 비웃음을 받게 되고, 나중에는 주변 사람들이 그 사람을 아예 찾지도 않는다. 돈을 쓸 줄 알아야 한다.

돈을 많이 쓰라는 이야기가 아니다. 돈을 쓸 때는 과감하게 쓸 줄도 알아야 주변 사람들이 그 사람을 인정하는 것이다. 친구들과의 모임에서 수십만 원을 쓸 줄도 알아야 하고, 가족 모임에서도 한턱 크게 쏠 줄 아는 그런 사람이어야 한다.

돈은 쓰라고 버는 것이지, 그저 무조건 아끼기만 하려고 버는 게 아니다.

당신이 만약 이런 사람, 즉 돈을 잘 쓰지 않는 남자를 만난다면 어떨 거 같은가? 아껴 쓰고 가계부 쓰고 하는 알뜰한 남자를 만나 행복할 거 같은가?

천만의 말씀이다. 주변에 그 사람을 좋아하는 사람이 없는 모습에 환멸을 느낄 것이고, 항상 쪼잔하고 쩨쩨한 모습에 싫증이 나기 마련이다. 절대 이런 사람을 사귀면 안 된다. 이런 사람을 만나서도 안 된다. 그렇게 만나다 보면 당신이 오히려 물들 수도 있다.

당신에게는 그나마 돈을 잘 쓰는 사람이라고 해도 절대 아니다. 그저 당신에게만 잘 보이려고 돈을 쓰는 것이고, 시간이 지나면 다시 그 사람의 본모습이 당신에게도 나오기 마련이다.

이런 사람들은 정말로 나중에 당신에게 쪼잔한 모습만 보여줄 게 분명하니 만나지 말자. 소중한 당신이 이런 쪼잔한 사람과 같이 살아서야 되겠는가?

성격이 쪼잔하면 나중에 인생도 쪼잔해지고 비굴해진다.

과묵하고 말이 없다고?

＼

예전에는 과묵한 사람이 멋있어 보이던 때가 있었다. 나의 아버지도 나에게 항상 말을 하지 말고 묵직하게 살아야 한다고 강요하셨다. 그래야 사람이 듬직해 보이고 다른 사람들에게서 무시를 받지 않는다고 하셨다. 나도 예전에는 아버지 말씀대로 과묵한 게 좋은 줄로만 알았다.

하지만 지금 시대에 이런 사람이 필요할까?

시대가 내가 젊었을 때와 많이 변했다. 지금은 자기 PR 시대다. 자기가 자기 자신을 잘 표현하고 자기주장을 제대로 할 줄 알아야 한다. 그래야 이 시대에서 제대로 살아갈 수 있는 것이다.

또한 지금은 말을 하면서 유머가 있고 위트가 있어야 많은 사람에게 인기를 받을 수 있는 시대이다. 다른 사람들의 마음을 위로하는 유머, 다른 사람들에게 기쁨을 주는 위트가 필수인 시대가 바로 지금이다.

게다가 사람이 말이 별로 없는 묵직한 사람이라면 남녀 관계에서도 상대방에게 말을 잘하지 못해 갈등을 초래할 확률이 아주 크다. 당신이 남자라면 여자친구나 와이프에게 마음을 흡족하게 해줄 수 있는 말이라든가 유머와 위트를 통해 상대방을 기쁘게 할 줄 알아야 하지 않겠는가?

당신의 여자친구가 기분이 좋지 않은데 당신에게 그것을 풀어줄 수 있는 말재주가 없다면? 여자친구가 당신을 좋아할 수 있을까?

와이프가 어떤 일로 힘들어하는데 남편이 말재주가 없어 와이프에게 말 한마디 못하고 있다면? 그렇다면 와이프가 당신과 무슨 대화를 하겠는가?

말이 많아야 한다. 아무 말이나 많이 하라는 게 아니라 내 여자친구, 와이프가 기분 좋을 말, 내 남자친구, 남편이 기분 좋아질 말, 내 와이프에게 힘이 되는 말! 바로 이런 말들을 많이 하자는 이야기다.

나도 지금까지 살아오면서 나의 지인들로부터 자기 이성 친구가 너무나 말이 없어 답답하고 서운하다는 말을 많이도 들었고, 그렇게 묵직한 남자와 결혼한 것을 후회하는 사람도 많이 봤다. 그렇게 남편이 말이 없고 묵직하다 보니 자기 부모님을 오랜만에 만나도 인사만 좀 할 뿐 대화도 거의 하지 않고 가만히 자기 일만 하는 모습을 보며 화가 난다는 와이프들도 많았다.

또한 말이 없는 사람들 중에는 의외로 부정적인 사람들이 많다는 것을 알아야 한다.

살아가면서 수많은 사람과 대화를 하면서 자기의 생각이나 사고를 수정하고 개선해야 하는데, 오히려 상대방과 말이나 대화를 하지 않음으로써 자신만의 생각 안에서만 허우적거리는 경우가 많다. 특히 부정적인 생각에서 헤어 나오지 못하는 그런 사람들 말이다.

과묵함은 휴지통에 버려야 한다. 그래야 이성관계, 부부관계가 좋아진다.

혹시 지금 당신의 남자친구가 이렇게 과묵하고 묵직한 사람인가? 당신의 남자친구가 말이 별로 없고 언제나 듬직한 사람인가?

그렇다면 빨리 헤어지자. 그게 당신의 행복을 위해 낫다. 이런 사람과 계속 만나다가는 당신의 결혼 이후의 삶에 후회가 많아지게 될 것이다. 집안 분위기가 절간보다도 더 조용해지게 되고, 동굴보다도 더 어두워지게 된다.

교통질서를 잘 지키지 않는 남자친구는?

당신의 남자친구가 교통질서를 잘 지키지 않는 사람이라면 무조건 헤어져야 한다. 아니, 교통질서 하나 지키지 않는다고 무조건 헤어지라고?

맞다. 무조건 헤어져야 한다. 이런 남자가 나중에 당신을 아주 힘들게 할 게 분명하기 때문이다. 교통질서를 지키지 않는다는 것은 다른 사람들에 대한 배려가 아예 없는 것이다. 다른 사람에 대한 배려심이 없는 사람이 자기 여자친구 또는 와이프에게는 잘할 거 같은가?

또한 상대방에 대한 배려가 없는 남편이 당신을 경제적으로 행복하게 해줄 수 있을 거 같은가? 절대 그럴 수 없다. 이런 사람은 주변 사람들에게 인정을 받기는커녕 자기밖에 모르는 성격이라 평생 가난하게 살기 쉽다.

당신의 남자친구가 운전을 하면서 깜빡이를 넣지 않는 게 습관이라고 한다면 이 사람은 상대방을 배려하는 마음이 하나도 없는 것이다. 뒤에 오는 다른 운전자나 걸어가는 보행자를 생각한다면 어떻게 깜빡이를 안 켤 수 있겠는가? 그런데 그런 배려의 마음이 아예 없기 때문에 이런 행동을 하지 않는 것이다.

배려하는 마음이 없는 사람이 어떻게 여자친구나 와이프를 배려하겠는가? 평생 와이프 힘들게 할 놈이다.

또한 고속도로를 달릴 때 저속으로 가는데도 1차로로만 가는 남자도 만나지 마라.

이런 사람이 정말 무식한 놈이고 다른 사람은 안중에도 없는 놈이라서 나중에 와이프에게도 함부로 할 거다. 저 혼자 편하겠다고 1차로로만 가는 사람은 나중에 결혼을 하고도 와이프는 관심 밖일 것이고, 그저 자기 혼자 편할 짓만 하고 살지 않겠는가?

꽉 막힌 고속도로에서 갓길로 가는 놈도 아주 무식한 놈이고, 카니발에 한두 명이 타고 버스중앙차로를 다니는 얌체 운전을 하는 놈도 절대 만나서는 안 된다. 평생 남 속여먹고 살 팔자다.

또한 과속을 일삼는 남자도 만나서는 안 된다.

다른 사람들은 아예 생각하지도 않고 자기 맘껏 속도를 즐기고 싶은 대로 달리는 사람은 고집불통일 확률이 아주 크다. 이런 사람은 와이프에게 자기 고집만 강요할 확률이 아주 크다는 말이다.

자동차들이 길게 줄을 서 있는 상황에서 얌체처럼 새치기하는 놈과도 절대 만나지 마라.

자기의 이익만이 중요하다고 생각하는 사람이고 자기 하나 때문에 다른 수많은 사람에게 피해가 간다는 사실을 아예 모르는 놈이니 사회생활을 하면서 다른 사람들에게 미움을 받기 딱 좋은 놈이다.

또 어쩔 수 없는 상황에서 끼어들기를 하고 나서 고맙다는 의미로 비상등을 켜주는 예의가 없는 사람도 만나지 말자.

주차를 할 때 아무렇게나 삐딱하게 하는 남자는 절대 만나지 마라. 남들에게 피해를 줄 걸 뻔히 알면서도 자기 자신만은 편하면 된다는 그런 생각을 가진 놈이다. 또한 복잡한 도로에서 아무 데나 차를 정차하는 남자도 만나서는 안 된다. 비상깜빡이를 켜놓고 복잡한 도로에서 서 있는 그런 남자는 경제적으로 부유하게 살 수 있는 싹수가 아예 없다고 봐야 한다.

또한 나이도 어린데 고급차를 타고 다니는 남자친구와는 절대 만나서는 안 된다. 아주 겉멋만 들고 미래에 대한 계획이 없는 사람인 것이다. 아무리 돈을 많이 번다 하더라도 아직 젊은 나이라면 자동차에 쓸 돈을 규모 있게 재테크를 하든지 부동산 투자를 하는 모습을 가져야 한다.

그런데 고급차를 끌고 다닌다? 평생 당신을 경제적으로 힘들 게 할 사람이니 만나지 말자.

불법유턴을 밥 먹듯 하는 놈도 만나서는 안 된다. 조금만 더 가면 유턴을 할 수 있는데도 꼭 이렇게 불법유턴을 하는 놈들이 있다.

차 밖으로 담배꽁초 같은 쓰레기를 버리는 놈들도 절대 만나서는 안 된다. 자기 차 안은 더러워지면 안 되니 꽁초를 밖으로 버리는 거 아닌가? 꽁초가 다른 차에 피해를 줄 수도 있고, 또한 도로가 쓰레기장은 아니지 않은가?

신호등이 빨간불인데 그냥 무시하고 지나가는 남자도 절대로 만나면 안 된다. 아무리 지나다니는 자동차가 없어도 끝까지 신호를 지키는 그런 남자는 당신을 행복하게 해줄 가능성이 큰사람이다.

도로에 주정차를 아무렇지도 않게 하는 사람은 피해야 한다. 주정차로 인해 도로가 막히고 다른 운전자들에게 피해를 주는 것을 뻔히 알 텐데 말이다. 주정차를 하지 않기 위해 주차장을 찾아다니는 사람이 멋진 사람이다.

운전을 하면서 상대방에게 양보를 하지 않는 사람도 만나지 말자. 운전을 하다 보면 상대방에게 양보를 하는 미덕이 있어야 하는데, 끝까지 양보를 하지 않는 그런 사람은 당신의 인생을 아주 피곤하게 만들 사람이다.

미안하다고 비상 깜빡이를 넣는 사람, 수신호로 미안하다고 하는 사람, 주차를 반듯하게 아주 잘하는 사람, 횡단보도 신호등의 초록불이 꺼질 때까지 기다리는 사람, 경적을 울리지 않는 사람…. 바로 이런 사람들이 당신을 행복하게 해줄 사람이다.

교통질서를 지키는 모습이 바로 그 사람의 인격을 대변하게 되어 있다.

당신의 남자친구가 교통질서를 얼마나 잘 지키는지 잘 봐둬라. 그리고 사귈지 말지 판단하자.

결혼하기 전에는 이성 경험을 많이 하자

난 살면서 결혼이라는 것을 3번이나 해본 사람이다. 전국적으로 나처럼 이혼을 2번 하고 결혼을 3번이나 한 사람이 얼마나 될까? 이게 무슨 자랑할 일도 아니고, 어쩌면 매우 부끄러운 일이지 않겠는가?

그런데 이렇게 2번이나 이혼을 하는 과정에서 나는 정신적 스트레스가 어마어마했고, 경제적인 손실도 정말 컸다. 난 왜 이렇게 이혼을 많이 하면서 고생을 하게 된 것일까?

그 이유는 바로 내가 여자를 보는 눈이 없어서다. 나에게 딱 맞는 여자를 고를 수 있는 능력이 있어야 했는데, 살아오면서 제대로 된 이성 경험이 별로 없다 보니 나에게 맞는 여자를 고르지 못했고, 결국 이렇게 아픈 상처를 입게 된 것이다.

난 그래서 내가 살아오면서 이성 경험이 별로 없었던 것을 크게 후회한다. 당신은 살면서 이성 경험이 많아야 한다. 그래서 남자로서 여자를 보는 눈을 가져야 한다. 여자도 당연히 이성 경험을 많이 해서 남자 보는 눈을 가져야 한다. 그래야 나중에 나처럼 크게 후회를 하는 삶을 살지 않는다.

당신이 남자라면 수없이 많은 여자를 만나고, 서로 대화도 많이 나누고, 같이 술도 자주 마셔보고, 또한 섹스도 많이 해보고, 모텔도 많이 다녀봐야 한다. 여건이 된다면 결혼을 하기 전에 동거하는 기간도 가져보자. 서로 간에 성격이 맞느냐 맞지 않느냐도 중요하지만, 속궁합도 부부가 되기 위해서는 정말 중요한 것이다. 실제 부부들 중에 속궁합이 맞지 않아 불화를 겪는 경우도 많지 않은가?

지금이 무슨 조선시대도 아니고 결혼 전에 섹스를 한다고 해서 욕을 먹는 시대도 아니다. 그러니 많은 이성 친구들과 모텔에 가서 섹스도 해보자. 당신이 어느 여자와 잘 맞는지 알아가는 것도 중요할 거다.

그래서 제발 좋은 배우자를 고를 수 있는 능력을 갖자. 좋은 배우자를 만나야 평생 즐겁고 행복한 결혼생활을 하게 될 것이고, 행복한 결혼생활이 바탕이 되어 인생도 성공할 수 있지 않겠는가?

참고로 결혼하기 전 수없이 많은 여자를 만난 플레이보이 같은 남자는 결국 결혼은 자기에게 참 잘 맞는 여자를 만나 행복하게 사는 경우가 아주 많다.

우리 주변에는 이런 이성 경험이 별로 없이 결혼을 함으로써 나중에 후회하는 부부가 의외로 많다. 만약 이런 사람들이 결혼 전에 이성 경험도 많이 하고, 이성 친구와 동거도 해보고 나서 결혼을 해야 할지 말아야 할지 판단했다면 이런 후회를 하지 않았을 것이다.

부디 결혼을 하기 전에 이성 경험을 많이 하자.

많이 베풀 줄 아는 사람을…

우리가 생활을 하다 보면 주변 사람들 중에 자기밖에 모르고 베풀 줄 모르는, 아니 베풀려고 하지 않는 사람이 있다.

사람들과 음식을 먹더라도 그 비용을 절대 내지 않는 사람, 항상 남을 이용해 먹으려고만 하는 사람, 주변에 힘들어 하는 사람을 보고도 절대로 돕지 않는 사람, 그저 자기 자신과 애인만 챙기는 사람, 운전을 할 때 절대 다른 사람에게 양보를 하지 않는 사람, 다른 사람의 도움을 당연하다고 생각하고 고맙다는 인사도 하지 않는 사람.

자기밖에 모르는 사람은 그저 이기적이다. 자기의 욕심을 차리는 데만 집중이 되어 있다.

당신은 이런 사람을 절대로 만나서는 안 된다.

자기만 알고 베풀 줄 모르는 사람은 실제로 다른 사람들에게 인정을 받지 못한다. 자기가 그렇게 다른 사람들에게 인정을 받지 못한다는 것에 대해서도 왜 그런지도 모른 채 불만이 많다. 그러면서 모든 것이 자기 때문이 아니라 남 탓이라고만 한다.

사회생활을 하면서 실제로 성공하는 사람들은 평상시에 다른 사람들에게 많이 베풀 줄 아는 사람들이 대다수다. 그렇게 베풀면 사람들이 고마워하고, 주변의 인정을 받게 되어 나중에 무슨 기회가 있을 때 이런 사람들에게 먼저 기회가 주어지게 된다.

또한 회사에서도 이런 사람에게 더 빠른 진급이 이루어지고, 수많은 동료와 선후배들 사이에서 인기스타가 되고, 수많은 좋은 일이 넘치게 되어 있다.

또한 남들에게 베풀 줄 아는 사람이 자기 애인이나 와이프, 남편에게도 지극히 잘한다. 마음이 넓기 때문에 이성 친구나 배우자에 대한 것을 다 이해해주려 하고 더 많은 것을 해주고 싶어 한다.

그러니 결혼하기 전에 만나는 사람을 유심히 보라. 다른 사람에게 많이 베푸는 사람인지, 아니면 베풀 줄 모르고 그저 자기만 알고 당신만 챙기는지, 다른 사람에게 밥을 많이 사는지, 어려운 사람을 적극적으로 돕고 사는지, 다른 사람과 함께 있을 때 발생하는 비용을 먼저 계산하는지 등을 유심히 보라.

만약 다른 사람에게는 베풀지 않고 당신만 챙긴다면 그 사람은 지지리 궁상일 확률이 크다는 것을 알아야 한다. 절대 당신만 챙기고 당신에게 잘 베푼다고 해서 좋아해서는 안 된다.

젊을 때부터 많이 베푸는 성품을 가진 사람은 시간이 지나면서 엄청난 행운과 복이 굴러들어오게 되어 있다. 그게 세상의 이치다. 절대 그런 사람을 신神이 가만히 놔두지 않는다. 그러니 무조건 그런 사람을 만나자.

대머리?
인물이 안 좋은 사람?

＼

당신은 결혼을 하기 전까지는 몇몇 이성과 접촉을 하게 될 것이다. 어떤 경우에는 소개팅도 하게 될 것이고, 나중에는 선도 보게 될 수도 있다.

그러면서 서로 상대방을 여러모로 살피고 당신에게 맞는 사람인지 고민하게 된다. 그런데 솔직히 가장 눈여겨보게 되는 것은 상대방의 외모 아닐까? 그 사람의 됨됨이라든가 지금까지 살아온 과정 같은 것에 대해서 같이 이야기를 나누고 하긴 하지만, 첫 만남에서 서로 보게 되는 것은 상대방의 외모다. 특히 남자가 여자를 볼 때는 더욱 그렇다. 남자라는 동물은 원래 여성의 외모를 아주 중시한다. 물론 여성들도 그러리라.

하지만 내가 한 가지 말하고 싶은 게 있다. 여성이 남성을 볼 때도 외모가 물론 중요하다. 하지만 정작 봐야 할 사항은 그 남성이 성공의 욕심이 얼마나 있느냐, 경제적으로 얼마나 능력이 있느냐 그리고 상대방을 얼마나 많이 배려하느냐다.

아무리 외모가 배우 정우성을 닮았고 옷차림도 훌륭하다 할지라도 성공에 대한 욕심이 없는 사람, 능력이 없는 사람과 결혼하게 되면 당신은 평생 돈 걱정 하면서 살 게 뻔하다. 인물은 좋은데 삶의 능력이 없어서 가난하게 사는 부부가 당신 주위에도 아주 많을걸?

또한 인물이 좋은 남성이 상대방을 배려할 줄 모르는 사람이라면 이런 사람은 유아독존으로 그저 자기밖에 몰라서 와이프를 힘들게 할 확률이 높다. 자기 얼굴이 잘생긴 건 아니 그것을 바탕으로 다른 사람을 힘들게 확률이 높고, 그러한 성격으로 와이프도 힘들게 할 확률도 높다.

남자가 인물만 좋으면 다른 사람에게 보여주기는 좋을지 몰라도, 결혼 후 같이 살아가면서 그에 따른 고생도 많을 수 있다는 것을 알아야 한다. 인물 좋은 남자, 바람 잘 날 없을 것 같다는 생각을 해볼 필요도 있지 않을까?

만나는 남자가 대머리인가? 인물이 별로인가? 몸에 비해 머리가 너무 큰가?

하지만 정작 중요한 것은 상대방의 인물, 즉 외모가 아니라 그 사람의 능력이다. 자본주의 사회에서 결혼을 해서 살아가려면 남자는 먼저 능력이 있어야 한다. 능력이 없는데 무슨 결혼이고 나발인가?

만나는 남자가 대머리라 하더라도 살아가는 능력이 출중하다면 그 남성에게 어울리는 가발을 씌우면 될 거 아닌가?

키가 좀 작다고? 그런데 돈 버는 능력은 있다고? 그러면 키 좀 작으면 어떤가? 그 남자와 나중에 돈 많이 벌어서 재미있고 유쾌하게 살면 될 거 아닌가? 그렇게 키 작고 돈 많은 남자는 당신이 자기를 선택해준 것이 고마워서 평생 얼마나 잘해주겠는가?

잘생기고 못생기고, 키 크고 작고. 이런 거? 아무것도 아니더라. 사회생활을 해보니 키 작은 남자라고 해도 돈 잘 벌고 회사에서 뛰어난 능력을 보여주면 주변 사람들에게 존경을 받게 된다. 아무리 인물이 훤칠하고 키가 크다 해도 경제적인 능력이 없으면 주변 사람들에게 평생 무시나 당하고, 동시에 그 와이프도 그와 동등하게 무시당하고 경제적으로 힘들게 살더라.

그러니 외모는 그렇게 중요하게 생각하지 않아도 된다. 남자는 무조건 능력이 우선이다.

내가 예를 하나 들어보겠다.

나의 작은 이모부는 대머리시다. 젊을 때부터 대머리셨다. 30여 년 전 이모는 이분, 즉 이모부를 배우자로 자신 있게 선택하셨다. 결혼을 하시기 전 이모부는 항상 무엇이든지 이모를 먼저 배려해 주셨고, 이모부의 모습을 이모가 시간을 갖고 유심히 봤을 때 경제적인 능력이 높을 거라고 예상하셨단다.

결국 이분들은 결혼 후 사업을 통해 큰 부를 이루셨고, 조기에 은퇴를 하셨고, 결혼생활 내내 부부싸움 한 번 없었다. 또 온화한 이모부 덕분에 가족 분위기가 워낙 좋아서 자녀들도 모두 번듯하게 잘 컸고, 지금도 남들이 부러워할 만큼 잘 지내신다.

만약 이모가 외모만을 따져 남자를 만났다면 지금의 이 큰 행복이 존재할 수 있을까?

다시 말하지만, 인물로 배우자를 선택하는 게 아니다.

이왕이면 같은 직장에서 일하는 이성 간에는…

＼

요즘 사내 연애 또는 사내 결혼을 하는 경우가 아주 많다. 직장 안에서 서로 간에 알게 되고, 좋은 감정이 생기고, 서로 대화를 많이 나눠보니 '이 사람이 나의 배우자로 제격이다' 라고 생각해서 사귀기도 하고 나중에 결혼을 하게 될 것이다.

하지만 좋은 관계는 아마 여기까지가 아닐까 싶다. 사내 연애, 사내 결혼을 하게 되면 내 이성 친구, 배우자에 대해 예전과 다른 생각을 하게 되는 일이 아주 많이 생긴다.

예를 들어 같은 직장 안에서 어떤 여성 직원이 내 남편과 웃으며 대화하는 모습을 보면 와이프의 가슴속에서 울화통이 터지는 일이 생기기도 하고, 반대로 내 와이프에게 다른 남자 직원이 아주 친절하게 대하는 것을 보면 남편 입장에서 화가 난다. 또한 같은 직장 안에서 일을 하다 보면 내 배우자에 대한 이상한 소리나 소문을 듣게 되어 서로 간에 오해가 생겨 큰 다툼을 하는 일도 생길 수밖에 없다.

이런 거 말고도 사내 연애, 사내 결혼은 서로 싸울 수 있는 무궁무진한 원인을 계속 제공한다. 그래서 난 같은 직장에서 근무하면서 배우자를 만나는 것에 대해 반대하는 입장이다.

당신이 직장 생활을 하는데 그 직장에서 맘에 쏙 드는 이성 친구가 눈에 들어온다 해도 사귀어야겠다고 쉽게 생각하기보다는 생각해보고, 다시 한 번 또 생각해보는 그런 깊은 고민의 시간을 가졌으면 좋겠다.

그 사람이 힘들 때의 모습을 잘 보라

＼

당신이 사귀는 남자친구에 대해서 제대로 알고 싶은가?

당신이 사귀는 여자 친구에 대해서 정확히 어떤 사람인지 알고 싶은가?

그러면 방법이 있다. 그것은 바로 그 사람이 아주 힘들 때 어떤 말과 어떤 생각을 하는지 유심히 보는 것이다. 그때 하는 말, 그때 하는 생각 면면이 바로 그 사람의 진짜 모습이다.

모든 사람은 보통의 상황에서는 언제나 가식적인 면을 보인다. 특히 연애를 하거나 다른 사람에게 잘 보여야 할 때는 항상 자기의 진짜 모습이 아니라 가짜 모습, 즉 더 여유롭고, 더 사려 깊고, 더 친절한 모습을 보이기 마련이다. 그런 모습을 보여야 상대방에게 후한 점수를 얻지 않겠는가?

만약 당신이 결혼을 목적으로 누군가를 만나는데 그 누군가가 보통의 상황에서 당신에게 보여준 모습으로만 판단한다면 지극히 우둔한 짓이다. 평상시에 같이 영화 보고, 식사하고, 여행 다니고, 커피숍에서 데이트를 하며 상대방이 보여주는 모습을 가지고 그 사람을 판단해서는 절대 안 된다. 사람을 판단할 때는 그렇게 하는 게 아니다.

그 사람을 정확히 판단하고자 할 때는 그 사람이 힘들어 할 때의 모습을 봐야 한다. 그 사람이 힘들어 할 때 어떤 행동을 하는지, 어떤 말을 하는지 그리고 어떤 태도를 보이는지가 바로 그 사람의 진짜 모습이다. 그래서 그 사람이 힘들 때의 모습을 가지고 판단해야 한다는 것이다.

사람이라는 동물은 쉽게 진짜 모습을 드러내지 않는다. 진정 힘들고 어려울 때 자기의 본성이 나오게 마련이다. 그러니 부디 상대방이 힘들어 할 때의 모습을 가지고 판단하자. 그 모습이 당신에게 맞는지, 아니면 맞지 않는지는 그때 가서 판단해야 한다.

어서 이 여자분과 하루라도 빨리 결혼하세요

＼

2년 전쯤인가 내가 아끼는 후배가 갑자기 찾아온 적이 있다. 무슨 일일까 궁금했다. 워낙 오랜만에 연락이 온 것이었고, 게다가 나를 만나서 꼭 상의할 게 있다고 찾아오는 것이라 궁금할 수밖에 없었다.

후배를 만나서 이야기를 나누는데, 갑자기 이 친구가 자기 여자친구가 임신이 되어 결혼을 해야 할지 말아야 할지 고민이어서 나를 찾아왔다는 것이었다.

난 듣자마자 조언을 해주었다.

“아직 넌 30대 초반이니 해야 할 일이 많다. 게다가 지금까지 제대로 모아놓은 재산도 거의 없고, 삶에서 아직 이룬 게 거의 없으니 지금은 결혼하지 마라. 그리고 아기는 지워라. 나중에 뭔가 이루어놓고 난 다음에 결혼해도 늦지 않다. 그러니 지금은 결혼을 하지 않는 게 좋겠다.”

그런데 며칠이 지났을까, 후배에게서 다시 연락이 왔다. 여자친구와 함께 다시 나를 찾아오고 싶다는 것이었다. 여자친구를 나에게 보여줄 테니 다시 한 번 생각해달라면서.

그래서 두 친구를 만났는데, 난 후배의 여자친구를 보고 깜짝 놀랐다. 예쁘고 다부진 모습은 그렇다 치더라도 나의 후배, 즉 남자친구를 받들어주는 말을 어찌나 잘하던지. 말을 참 예쁘게도 했다. 게다가 상대방을 배려하는 모습이 남달랐고 워낙 쾌활해서 주변 사람들을 기분 좋게 만드는 능력이 있는 여자였다.

이 여자친구와 2시간 정도 대화를 나누고 나서 난 후배에게 바로 말했다. 바로 결혼하라고. 이 여자친구와 하루라도 빨리 결혼하라고. 이분이 바로 후배에게 보물 중의 보물이라고. 이 여자친구로 인해 후배의 인생이 아주 크게 좋아질 테니 무조건 결혼하라고 강요 아닌 강요를 했다 .

두 사람은 결혼해서 아주아주 행복하게 산다. 후배의 와이프는 후배를 매일 왕처럼 대한다고 한다. 물론 후배도 와이프에게 매일 매일 감동받으며 살아가고 있다. 사회생활, 직장생활도 결혼하기 전과 달리 아주 잘해 나가고 있고, 결혼한 이후로 인생이 술술 풀린다고 자랑이다. 또한 주변 사람들이 얼마나 부러워하는지 모른다고 하더라.

그래! 맞다!

남자는 어떤 여자를 만나느냐에 따라 이렇게 인생이 바뀌는 것이다. 말을 예쁘게 하고, 자기 배우자를 항상 왕이나 왕비처럼 대하는 그런 모습! 그게 부부가 될 사람에게 가장 필요한 모습이 아닐까 싶다.

술을 마실 줄
아는 사람인지…

사회생활을 하면서 술이라는 것은 꼭 필요하다고 난 생각한다. 술을 통해 다른 사람들과 사교의 장을 만들 수도 있고, 상대방과 친근함을 나눌 수 있고, 수많은 사람과 많은 대화를 나눌 수 있는 매개체가 될 테니까.

대신 결혼하기 전 당신의 남자친구가 술을 마시는 모습을 한번 유심히 보자.

당신의 남자친구가 술을 마실 줄 모른다고 하면 사회생활에 문제가 있을 가능성이 크다. 물론 술을 마시지 못하는데도 술자리에서 분위기를 잘 맞춘다든지 상대방의 말을 잘 들어준다면 그 사람은 정말 훌륭한 사람이다.

하지만 이런 사람이 아니라 그저 술을 마실 줄 몰라 술자리에서도 상대방과 대화를 잘 나누지 못하고 가만있는 사람이라거나, 술자리에도 잘 참여하지 못하고 자기 혼자 지내는 사람이라면…. 이런 사람은 사회에서 인정받기 어렵다.

또한 술을 마시기는 하는데 술주정이 심한 사람은 무조건 버려라. 술주정이 심하면 나중에 사고를 칠 확률이 아주 커서 분명 당신이 크게 힘들게 되어 있다. 나도 사회생활을 하면서 술주정이 심한 사람을 몇 명 보았는데, 그럴 때마다 그 사람의 와이프가 얼마나 불쌍한지 모른다.

술을 마시면서 주변 분위기를 즐겁고 유쾌하게 만들고, 말은 적게 하되 상대방의 말을 잘 경청하는 사람이라면 이 사람은 분명 보물이다. 솔직히 남자라면 술을 잘 마실 줄 알아야 한다. 그게 남자다. 사회생활을 하다 보면 많은 사람을 만나게 되니 당연히 술자리가 빈번하다. 그렇게 술자리를 통해 많은 사람을 만나면서 사뭇 많은 것을 배우게 되는 것도 사실이다.

하지만 그런 술자리에서 술을 곤드레만드레 마시는 게 아니라 술을 마시면서 상대방을 존중해주고, 경청해주고, 분위기를 좋게 만드는 그런 사람은 나중에 주변 사람들에게 인정받을 가능성이 아주 크고, 그로 인해 성공할 확률도 크다. 당신은 그런 남자를 잡아야 한다. 그런 남자가 매력남이고 성공남이다.

그러니 당신의 남자친구가 있다면, 또 남자친구가 될 것 같은 사람이 있다면 그 사람이 술 먹는 모습을 유심히 보자.

빈손으로 가는 사람!
절대로…

당신의 이성 친구가 배우자로서 정말 괜찮은 사람인지 빨리 알아낼 수 있는 최고의 방법이 있다면 어떻겠는가?

정말 방법이 있다. 그것은 바로 당신의 이성 친구가 다른 누군가를 찾아뵐 때 빈손으로 가는지, 아니면 선물을 들고 가는지를 유심히 보는 것이다.

만약 이성친구가 다른 곳을 방문할 때 빈손으로 가는 사람이라면 절대 만나지도 말고 혹시나 사귀었다면 하루라도 빨리 헤어지자. 이게 무슨 말이냐고? 사람이 어느 집을 찾아가거나 누구에게 인사를 하러 갈 때는 무조건 조그마한 선물이라도 사 가지고 가는 게 지극히 기본적인 예의다.

그런데 이렇게 인사를 드리러 찾아갈 때도 빈손으로 가는 사람들이 있더라. 난 이런 사람들을 이해하기가 참 힘들다. 어떻게 빈손으로 가지? 분명히 인사를 드리러 가면서?

인사를 드리러 가는 것은 분명히 상대방의 시간을 뺏는 일인데 어떻게 빈손으로 간단 말인가? 그것은 상대방에 대한 아주 기본적인 예의조차 없는 사람이다.

이런 기본적인 예의조차 없는 사람이 당신을 행복하게 해줄 능력이 있을 거 같은가? 지극히 이기적이고 자기밖에 모르는 사람일 뿐이다. 그래서 이런 사람은 절대 만나서도 안 되고, 사귀어서도 안 된다는 말이다.

누군가를 찾아갈 때는 절대로 빈손으로 가는 게 아니다. 그렇게 빈손으로 누군가를 방문하면 그 사람의 부모가 욕을 얻어먹는다. 도대체 부모가 가정교육을 어떻게 시켰길래 저렇게 기본도 모르냐고 한다.

사람이 성공하기 위해서는 기본적인 예의가 중요하다. 혹시나 빈손으로 당신을 찾아오는 사람이 있다면 그 사람은 당신과 오래 갈 수 있는 사람이 아니라고 생각해라.

나에게도 온갖 아첨과 사탕발림을 한 사람들이 많았다. 그런데 그중에서 나를 찾아올 때 빈손으로 찾아온 사람들의 거의 다 돈을 빌려달라고 요구했고, 결국 나를 쉽게 떠났다. 맞다. 정말이다. 아무것도 준비하지 않고 빈손으로 다니는 사람들을 조심하자.

또한 당신에게 피치 못할 상황에서 빈손으로 오는 사람은 어쩔 수 없지만, 항상 빈손으로 찾아오는 사람은 그냥 버려라. 그런 사람? 아주 별거 아니다. 당신을 나중에 이용해 먹으려는 사람일 확률이 99프로다.

빈손으로 당신을 찾아오는 사람은 당신에게 거의 도움이 되지 않는 사람이다.

_ chap 2

당신은 내 운명,
당신은 내 웬수

_기혼인 분들에게 하고픈 말

남편이 낮잠을 좋아한다면…

＼

남편이 주말에 낮잠을 잔다고? 일요일에도 낮잠을 잔다고?

아니, 당신의 남편은 도대체 얼마나 게으르면 주말에 낮잠을 잔단 말인가?

남편이 게으르면 당신의 가정은 평생 가난하게 살 수밖에 없다. 남편이 게으른데 뭘 기대한단 말인가? 게으른 사람들은 자기 계발에 대해서 말만 번지르르하게 할 뿐 실제 행동으로 옮기지도 않고, 나중에는 자기가 잘 안되고 힘들게 사는 것에 대해 남 탓, 사회 탓만 한다. 정말 핑계 대는 말을 참 잘한다.

난 게으름이라는 병은 그 사람을 가난하게 만드는 최고의 지름길이라고 본다. 어떻게 주말에 낮잠을 잔단 말인가? 그 시간은 자기 자신에게 최고로 여유 있는 시간인데….

그 시간에 자기 계발을 하고, 더 많은 책을 읽고, 부부가 같이 여행도 다니고 하면서 소중한 그 시간을 더 효율적으로 이용해야 하지 않겠는가? 그게 바로 남편이 와이프에게 해야 할 최소한의 예의다.

남편이 게으르고 낮잠이나 자는 사람이라면 어느 와이프가 남편을 존중하고 존경하겠는가? 보면 볼수록 얼마나 한심하고, 한숨이 나오지 않겠는가?

주중에 회사에서 일이 너무 많아서 피곤한 까닭에 주말에 낮잠을 자야 한다면, 침대에 누워서 잘 게 아니라 어디 책상에라도 엎어져서 30분 정도만 자야 한다. 그렇게 피곤할 때는 일단 침대에 누우면 몇 시간을 낮잠으로 잘 수밖에 없게 된다. 사람 몸이 그렇다. 한번 편안한 자리에 누우면 몇 시간을 못 일어난다.

그러면 그냥 그 소중한 주말 시간을 완전히 버리게 되는 거 아닌가? 그런 남편을 바라보며 와이프가 평생 같이 산다고 하면 그 가정의 미래가 행복하겠는가?

혹시나 당신의 남자친구가 그렇게 게으르면 더 후회하기 전에 빨리 헤어져야 할 것이다. 만약 당신의 남편이 이렇게 게으르면 몇 차례 기회를 주되, 고쳐지지 않으면 그냥 헤어지자. 그렇게 게으르고 미련한 남편을 믿고 가정생활을 이루고 사는 건 인생 최고의 비극 중 하나다.

일주일에 주말과 일요일 그리고 공휴일까지 고려한다면 일 년 중에 거의 150일 가까이 쉬게 된다. 150일이면 정말 어마어마한 시간이다. 이 시간에 뭔가를 준비한다 해도 충분히 준비할 수 있다. 또 자기 가족을 위해 뭔가를 한다고 해도 충분히 많은 시간이 아닌가? 시간이 부족하다는 핑계를 대기에는 너무나도 많은 시간이다. 그런데 이 시간에 낮잠을 잔다고?

그런 남편을 꼭 껴안고 살아야 하는 것일까?

남편이
욕심이 없다고?

남자는 자고로 살아가는 데 있어 열정이 있어야 하고, 많은 것에 욕심을 내야 한다. 자기 회사 일에 최고가 되려고 욕심도 내봐야 하고, 많은 사람에게 인정을 받으려고 욕심도 내봐야 한다. 미인을 얻으려고 욕심도 내봐야 하고, 술도 많이 먹으려 욕심을 내야 하고, 재테크를 잘해보려고 욕심을 내봐야 하고, 남들보다 잘나 보이려고 욕심도 내봐야 한다. 그게 남자다. 남자는 그런 면이 있어야 매력적인 것이다.

그런데 축 늘어진 식물처럼 매사에 욕심이 없이 지낸다고?

회사에서도 일을 하는 둥 마는 둥하고 있으나 마나 한 사람으로 지낸다고?

사람들과의 관계에서도 더 인정받으려는 노력을 하지 않는다고?

무슨 구체적인 목표도 없고 뭘 해보겠다는 열정이나 의욕도 없는, 인생을 순탄하게 살면 된다는 식의 욕심 없는 그런 남자라면?

인생은 그냥 편안하게 살아가는 게 최고라고 주장하는 남자라면?

그런 남자가 사회생활을 하면서 무슨 큰일을 할 수 있겠는가?

그런 남자가 그 어떤 여자를 행복하게 만들어줄 수 있겠는가?

그런 남자가 결혼을 한다고 해서 그 가정을 경제적으로 얼마나 윤택하게 만들 수 있겠는가?

그런 남자가 자기 와이프를 위해 뭘 얼마나 해줄 수 있겠는가?

그런 남자가 와이프에게 어떤 감동을 줄 것이며, 그런 남자가 자기 자신에 대한 자부심이나 자존감은 있겠는가?

이런 남자가 자기 자녀에게 얼마나 지원을 할 수 있겠는가? 자녀가 뭘 바란다면 집안에 돈이 없으니 그냥 포기하라고나 하지 않을까?

이런 남자, 그냥 인생 흘러가는 대로 살아가는 남자와 만나고 있다면 부디 헤어지자. 뭐 하러 이런 남자와 만난단 말인가?

남자의 월급이 현재 200만 원이라면 악착같이 노력해서 300만 원을 받으려고 욕심을 내야 하는 것이고, 300만 원을 받으면 그 이후에는 자기 가족을 위해 400~500만 원을 받으려고 노력해야 한다. 그게 바로 남자다운 모습이고, 가장이 될 만한 모습인 것이다.

만약 당신 남편이 이렇게 욕심 없는 사람이라면 잘 한번 생각해보라. 평생을 그저 남 밑에서 아쉬운 소리나 하면서 사는 그런 인생을 살고 싶은가? 평생을 경제적으로 여유도 없고 항상 돈 몇 푼 때문에 힘들어 하는 그런 삶을 살고 싶은가?

그런 남편을 버리자.

책은 멀리,
술과 티비는 가까이…

당신의 남편이 매일 술 마시며 노는 걸 아주 좋아한다고 하자. 또한 주말에는 소파에 누워서 TV 보는 것을 좋아한다고 하자. 게다가 책 보는 것을 싫어하고, 또한 책을 읽어도 자기 계발과는 하등 관계가 없는 재미 위주의 책만 주로 읽는다면?

이런 남편이 정말 자기의 가정을 제대로 잘 이끌 수 있을까?

당신이 이런 사람의 와이프라면 화를 내든, 소리를 지르든, 남편의 머리를 때리든 어떻게 해서든 남편을 바꾸려 해야 한다. 도저히 이런 남편의 모습으로는 가족이 발전하기는 그른 것이다. 한 가족을 책임져야 하는 남편의 모습은 이런 게 아니다. 어떻게든 남편의 모습을 바꾸게 만들어야 한다.

그런데 와이프인 당신이 아무리 노력해도 남편이 변하지 않는다면? 그렇다면 바로 이혼을 하자. 만약 이혼을 하지 않고 산다면 당신은 평생 가난 속에서 살 수밖에 없는 운명이 되는 것이다.

솔직히 물어보자. 당신은 평생을 가난하게 살고 싶은가? 평생을 이런 남편과 살고 싶은가? 평생 이런 남편 바라보며 산다는 게 비참하지 않은가?

이런 남편과 평생 살겠다고 하는 게 당신의 자녀를 위하는 것인가?

자녀들이 이런 아버지의 모습을 보면서 뭘 배우겠는가? 자녀들도 아버지를 닮아 나중에 어른이 되면 아버지와 똑같은 사람이 될 확률이 크다. 자식들이야 다 부모를 보고 배우는 거 아니겠는가? 설마 당신의 자녀들도 이런 아버지의 모습으로 똑같이 키우고 싶지는 않을 거 아닌가?

삶을 이런 자세로 사는 남편은 당신을 황폐화시키고 거지로 만든다. 그러니 당당히 이혼하자. 그리고 세상에 남자가 그 한 사람만 있는 게 아니다. 자녀가 있다고 재혼 못하는 시대도 아니다. 자녀가 있다고 한들 요즘에는 여자로서 매력이 있다면 아무리 나이가 많아도 재혼하는 경우도 아주 많지 않던가?

그런 머저리 같은 남편, 머릿속에 아무것도 들어있지 않은 남편은 멀리 버려버리자.

남편의 옷차림에 당신이…

＼

요즘은 옷차림도 성공 전략 중 하나다. 성공한 사람들 중에 옷차림이 허름한 사람을 본 적이 있는가? 아마 없을 것이다. 그만큼 옷차림이 중요한 시대가 되었다. 예전에는 그냥 작업복 입고 회사 일만 열심히 해도 모두가 인정해주는 시대였다. 하지만 지금은 그런 시대가 아니다.

옷을 어떻게 입었느냐를 가지고 그 사람을 평가하는 시대, 옷차림이 그 사람의 능력을 대변하는 그런 시대가 되었다.

그래서 지금은 옷차림에 신경을 써야 하고, 자신의 몸에 맞는 핏fit의 옷차림을 만들어야 한다. 그래야 만나는 사람들에게 자기 자신을 어필해서 더욱더 성공에 가까워질 수 있지 않겠는가?

그런데 아직도 옷을 대충 입는 사람들이 있다. 옷차림은 젊은 사람들도 신경을 써야 하겠지만, 특히 중년층이 더 신경을 써야 한다. 중년층일수록 패션으로 주변 사람들이 그 사람을 다시 보게 되고, 그런 사람의 말 한마디와 행동 하나하나에 주변 사람들의 이목이 집중된다.

당신도 요즘 중년층들 중에 옷을 잘 입고 모델처럼 다니는 사람을 보면 놀라기도 하고 다시 쳐다보게 되지 않던가?

이제 패션은 살아가면서 성공의 정말 중요한 요소가 되었다. 그러니 와이프는 남편의 옷차림에 신경을 써주자. 제발 남편이 멋진 옷차림을 하도록 지도해주자. 후줄근한 옷차림, 주름 많은 바지를 입고 출근하고 퇴근하고 사람들 만나고 한다면 당신의 남편은 주변 사람들에게 인정을 받지 못한다.

남편이 빼빼하면 빼빼한 대로 거기에 어울리는 핏이 있고, 뚱뚱하면 뚱뚱하지 않게 보이는 핏이 있다. 그런 것을 와이프가 신경 써줘야 한다.

또한 와이프도 사람을 만날 때 꼭 좋은 옷차림으로 만나자. 멋진 옷차림을 하고 있는 와이프나 중년 여성들을 보면 당신이 봐도 참 매력적이지 않던가? 여성으로서 옷차림이 단정하지 못하면 정말 추해 보인다.

난 여성에게는 몇 벌 정도 좋고 비싼 옷이 있어야 한다고 본다. 남자야 옷만 잘 입으면 비싼 옷이나 저렴한 옷이나 별로 구분이 안 가지만, 여성은 정말 좋고 비싼 옷은 사람들의 눈에도 비싸 보인다. 그러니 그런 옷 몇 벌은 가지고 살자. 여성에게는 훌륭한 옷차림이 자존심이다.

미친 사람처럼 웃어야 한다

＼

사람 관계에서 대화를 하게 되면 상대방의 반응이 참 중요하다. 상대방이 잘 들어주고 잘 웃어주고 하면 대화가 잘 이루어지겠지만, 아무리 말을 해도 잘 웃지도 않고 반응이 없다면 대화가 어떻게 잘 이루어질 것이며, 서로의 마음이 통할 수나 있겠는가?

이성 간에도 마찬가지다. 예전에 어떤 친구를 봤는데 자기 여자친구가 잘 웃지 않는 게 묘한 매력이라고 하더라. 나도 그 여자친구를 만나볼 기회가 있어 대화를 나누는데 말은 하더라도 거의 잘 웃지를 않았다. 내가 인생에 도움이 되는 이야기를 해도, 유머와 위트를 곁들여 말해도 정말 웃지를 않는 것이었다.

그렇게 대화를 나누고 나서 내가 얻은 감정은 불쾌함이었다. 웃음이라는 것은 상대방에게 '나도 당신의 말에 동의하고 기분이 좋다'라는 의미일 텐데, 그런 표정이나 반응이 없어서 나로서는 당혹스럽기도 하고 기분이 나쁘기도 했다.

부부생활이라는 것은 둘만의 관계로 시작해서 끝나는 게 아니다. 주변에 얽혀 있는 사람들이 있고, 부모님들이 있고, 친척들이 있고, 각각의 선후배들도 있다. 그런 사람들에게 나중에 도움도 받고 도움도 주는 게 부부생활일 것이다.

그런데 당신의 남편이 당신의 지인들 또는 일가친척을 같이 만났을 때 웃음기 하나 없다면 당신은 정말 당혹스럽지 않을까? 당신의 지인들이나 일가친척들은 당신의 남편에 대해서 뭐라 할 거 같은가? 아마 상당히 불쾌해하지 않을까?

난 부부 사이가 잘되는 조건 중 하나는 바로 많이 웃어야 하는 것이라고 생각한다. 남편이 무슨 말을 하더라도 옆에서 와이프가 많이 웃어 주고, 와이프가 웃긴 말을 하면 남편이 더 크게 웃어주고, 손님들이 와도 웃어주고, 친척들과의 모임에서도 아주 활기차게 웃어주고….

모든 만남의 자리에서 이렇게 웃어주면 와이프나 남편 모두 얼마나 기분이 좋겠는가.

그냥 미친 듯이 웃어주자. 내 남편의 기분이 하늘을 날아가도록.

그냥 미친 듯이 웃어주자. 내 와이프가 하루 종일 기쁘도록.

편안함에 안주한 배우자와는…

＼

예를 들어보자.

남편이 요즘에 그렇게 입사하기 힘들다는 공기업 또는 대기업에 다닌다고 하자. 그런데 이 남편이 입사는 힘들게 했으면서 그 이후로 평생 안정된 삶을 살 거라고 생각하며 자기 계발에는 별 관심이 없다면? 또한 와이프가 이런 남편에게 별 불만 없이 남편이 벌어다 주는 월급으로 만족하면서 저축 열심히 하고 살면 되겠지 하고 생각한다면?

이건 정말 대한민국이라는 자본주의 사회 안에서 부부생활을 하지 말아야 할 전형적이 예다. 지금 우리가 살고 있는 이 자본주의 사회라는 게 얼마나 치열한 경쟁 사회인가? 정글도 이런 정글이 없다고 난 생각한다. 직장에서 끝까지 살아남기가 얼마나 힘든지 이 사람들은 정말 모르는 것일까?

대기업을 다닌다 해도 요즘은 40대 중반에 다들 퇴직을 당하는 시대이다. 내 남편은 공기업에 다니니 60세 이상까지는 잘리지 않을 거라고? 얼마나 우둔하고 현실감이 없으면 이런 말을 한단 말인가?

아무리 공기업이라 한들 세상의 변화를 거스르면서까지 당신의 남편을 끝까지 보호해줄 거라고 생각하는가? 나이 많아지고 힘 빠지고 능력 떨어지는 사람들을 회사 밖으로 내보내려 할 수밖에 없는 그런 시대가 오고 있는데, 당신의 남편은 60세 이상까지 그 공기업을 다닐 수 있을 거라고?

내 남편은 공무원이기 때문에 별 상관이 없다고?

그렇다면 내가 두 가지만 이야기하겠다.

첫째, 공무원에게도 조만간 큰 태풍이 다가올 것이다. 정년이 파괴되든지, 아니면 퇴직 후에 받는 연금이 크게 낮아지든지. 정부가 공무원 제도를 유지하는 데 드는 세금이 어마어마하고 적자가 심하기 때문에 시간이 지나도 지금의 제도를 유지하기는 절대적으로 힘들다.

둘째, 공무원의 박봉에 만족하면서 살고 싶은가? 공무원의 월급이라는 게 한 달 겨우 먹고살 만큼만 주는 것일 텐데, 그 월급으로 평생 만족하고 산다고? 평생을 그 가난한 경제생활 속에서 살고 싶다고?

난 이런 생각을 가진, 자본주의의 현실 감각이 형편없을 정도로 부족한 남편 또는 와이프가 있다면, 그리고 그런 생각을 고칠 마음이 없다면 즉시 헤어져야 한다고 생각한다.

현재 많은 사람이 남녀평등을 이야기하지만 실제로 가족을 이끄는 것은 남편이다. 남편의 경제적 능력이 확보되지 않고서는 그 가족이 계속 행복하게 사는 것은 요원하다. 그렇다면 남편은 40세가 되기 전까지는 피땀 어린 노력을 통해 남들이 감히 따라올 수 없을 정도의 능력과 몸값을 갖춰야만 한다. 와이프 또한 남편이 이런 존재가 되도록 무조건 물심양면으로 도와줘야 한다.

남편이 자기 일에 미치고 자기 계발에 혼신의 힘을 다하고 있는데, 와이프는 자기와 같이 놀아주지 않는다고 자기와 같이 시간을 보내주지 않는다고 짜증을 낸다면? 이런 사람은 가정을 발전시킬 수 있는 와이프로서의 자격은 거의 없다고 봐야 한다.

당신의 남편이 좋은 직장을 다니면서 그냥 편안하게만 살고 싶어 한다고? 무슨 도전 같은 것을 싫어한다고?

그러면 옆에서 욕을 잔뜩 퍼부어라. 겨우 이런 모습으로 당신의 남편이 되려고 한 것이냐고 고래고래 소리를 질러라.

시간이 지나도 남편의 능력이 별반 향상되지 않는다면? 시간이 아무리 흘러도 부지런하지 않고 계속 편안하게 사는 것이 좋다고만 한다면?

그게 어디 한 가정을 이끌어 나갈 제대로 된 남편의 모습인가?

남편이 노력을 다해 능력을 올리고 몸값을 올리고 해야 당신의 자녀들도 남들만큼 풍요롭게 키울 수 있는 것이요, 당신 가정의 삶의 질을 올려주는 것이다. 당신이 40대가 되기 전까지 육아 기간을 제외하고는 남편에게 달달한 결혼생활을 요구하지 말자. 무조건 그때까지는 남편의 능력을 높여야 한다. 몸값이 치솟게 해야 한다. 그러니 남편이 능력 계발에 몰입할 수 있게 도와주자.

당신의 행복하고 달콤한 결혼생활은 남편이 그런 위치에 올라가고 난 뒤에 누려도 늦지 않다.

학벌이 좋아서 괜찮다고?

＼

학벌이 좋으면 미래가 안전할 거 같은가?

좋은 직장, 좋은 직업, 전문직에 다니면 당신의 가정의 미래가 정말 안전할 거 같은가?

좋은 자격증, 좋은 학벌이라는 것은 그 사람이 직장을 잡기 위해서 필요한 것이요, 그때까지만 써먹게 돼 있는 것이다. 그렇게 새롭게 직장을 갖게 되면 그때부터는 완전히 새로운 정글 안에서 사투가 시작된다고 봐야 한다.

당신이 아주 힘들게 공부를 해서 변호사가 되었다고 하자.

그렇다면 당신은 이제부터 변호사라는 수많은 수재들과 또 다른 세계에서 전투를 벌여야 한다. 변호사라는 자격증이 그 사람의 성공을 의미하는 시대는 이미 지나갔다. 당신이 경쟁자들과의 전투에서 이길 수 있는 능력을 가져야만 가정의 풍족한 경제 생활을 이루어 나갈 수 있는 것이다.

좋은 회사에 다니니 걱정하지 않는다고?

좋은 회사일수록 직원들의 수준이 높을 것이다. 학벌 좋고 머리 좋은 수재들이 많이 모여 있을 것이다. 그런데 그들과의 경쟁에서 뒤처지기라도 한다면 회사에서 당신의 생명력은 급전직하할 수밖에 없다. 그러니 와이프와 아이들이 제대로 먹고살게 하려면 회사에서 인정을 받아야만 한다.

이렇게 해야 결혼 이후 돈 걱정 없이 살 수 있는 것이다. 그런데 당신의 남편이 학벌은 좋고 좋은 회사에 입사를 했지만 취직 이후 회사에서 인정받는 것에 별 관심이 없고, 가지고 있는 자격증 하나만 믿고 산다면? 하루 빨리 남편에게 현실을 직시시켜야 한다.

학벌에 대한 자부심, 전문직에 대한 자부심이 높은 것은 결혼생활을 하는 데 하나도 도움이 되지 않는다. 오히려 걸림돌이 될 가능성이 크다. 지금 우리가 살아가고 있는 이 세계는 극심한 경쟁사회이고, 뒤처지게 되면 평생을 가난의 굴레 속으로 당신과 당신 가족을 몰아넣게 된다.

당신의 남편이 자격증 타령, 직장 타령, 학벌 타령만 하면서 안전하다고 말하며 사는 사람이라면 부디 당신이 호통을 쳐라. 지금이 어떤 시대인데 그런 생각을 가지고 사느냐고.

술이
보약이다

＼

난 거의 매일 법륜스님의 유튜브 동영상을 본다. 결혼생활을 하는 데 있어 이분의 말씀 중에서 배울 게 참 많아서다. 그렇게 법륜스님의 유튜브 동영상을 보다 보면 많은 내용 중 하나가 중년의 와이프들이 남편이 술 먹는 것을 어떻게 해야 막을 수 있느냐고 묻더라.

법륜스님은 이 질문을 받고서 다시 와이프들에게 묻는다. 남편이 술을 먹고 집에 와서 행패를 부리느냐고. 그러면 그러지는 않는단다. 그러면 법륜스님은 다시 와이프들에게 묻더라. 왜 남편이 술 먹는 것을 싫어하냐고. 그러면 건강에 안 좋을 거 같다, 술 먹는 게 보기 싫다, 자녀들이 술 먹는 아버지의 모습을 보고 그대로 배울 거 같다 등등의 답변들이 나온다.

법륜스님은 마지막으로 답변을 이렇게 하더라.

"아니, 남편이 술을 먹고 행패를 부리는 것도 아니요, 자주 술을 먹는다고는 하지만 그렇게 술을 먹으면서 스트레스가 풀릴 것이고, 그렇게 술을 먹을 수 있다는 것은 주변 사람들에게 인기가 많다는 이야기일 것이다. 인기가 없다고 한다면 주변 사람들이 대부분 남편과 술을 같이 먹지 않을 텐데, 그렇게 술자리가 많다면 그게 정말 당신 남편이 주변 사람들에게 좋은 평을 듣고 있다는 말 아니겠는가? 그렇게 술은 남편에게 보약과 같은 존재이니 부디 술을 끊지 말고 계속 마시게 하라."

난 법륜스님의 말씀이 지극히 맞는다고 생각한다. 솔직히 나도 술을 정말 좋아한다. 내 나이가 지금 40대 후반인데, 시간이 지나 50대 중반이 넘으면 체력적으로 힘들어서 술을 많이 먹기도 힘들 것이다. 하지만 지금은 술을 혈기왕성하게 먹을 수 있는 체력을 가지고 있으니 이 또한 얼마나 기쁜 일인가?

또한 술을 먹으면서 주변 사람들에게 행패를 부리는 것도 아니요, 서로 만나서 좋은 이야기도 많이 하고 스트레스도 같이 풀 수 있으니 이 또한 좋은 일이다. 술을 마시고 집에 와서 와이프와 대화도 더 많이 하게 된다면 이 또한 금상첨화 아닐까?

그런데도 와이프가 남편이 술 먹는 것을 싫어한다고?

남편의 건강이 걱정이 되어서 제발 술 좀 마시지 말라고 한다고?

이 말은 거짓말이다. 와이프가 남편이 술 먹는 것을 싫어하는 이유는 오직 하나다. 그것은 바로 술 먹은 남편의 모습이 보기 싫기 때문이다. 그냥 교과서에 나오는 아주 착실하고 건실하고 술 한잔도 안 먹는 그러한 남편으로 옆에 있어줬으면 하는 것이다.

난 남자로서 술도 제대로 못 먹는 사람은 별 매력이 없다고 생각한다. 남자라면 술도 벌컥벌컥 먹을 줄 알아야 하고, 주변 사람들이 한잔하자고 스스럼없이 말할 수 있는 사람이어야 한다. 그래야 사회에서 인정받을 확률도 큰 것이고, 또한 그래야 인기도 많은 거 아닌가?

남편이 사회에서 인기가 많은 게 싫은가?

당신의 남편이 다른 사람들에게 인기도 많고 사람을 사귀는 능력, 사람과 대화할 줄 아는 능력이 있다면 이 얼마나 멋진가?

그런데 그것이 꼴도 보기 싫다?

에이! 이건 아니다.

남편에게서 직장 동료들과 술 먹고 늦게 들어온다고 연락이 오면 아주 기쁜 마음으로 “제발 술 많이 드시고 많은 사람과 좋은 대화 나누고 들어오세요” 하고 말하는 와이프라면 어떻겠는가?

혹시 술을 먹지 않고 들어오는 날에는 그냥 당신의 남편이 기분 좋으라고 집에 술상을 봐 놓으면 이 또한 어떨까?

그렇게 같이 술상 앞 앉아서 부부가 서로 살아가는 이야기를 나누고, 고민도 털어놓고 한다면 정말 좋은 모습 아닐까?

남편이 술 좀 마신다고 바로 화를 내고 민감해하는 와이프의 행동은 남편을 더욱 힘들게 만든다. 남편도 나이를 더 먹으면 술을 먹으라고 부탁을 하고 떠밀어도 못 마신다. 체력이 안 되는데 어떻게 술을 계속 마시겠는가?

참고로 난 집에서 음악 들으며 혼자 막걸리 마시는 것을 좋아한다. 그렇게 혼술을 할 때 많은 아이디어가 떠오르곤 한다. 그러니 혼술이 얼마나 고마운 존재인지 모르겠다. 한 잔이라도 거의 매일 마신다. 그렇게 마시면서 나 자신과 대화도 하고 마당에 나가서 신께 나의 소원도 빌어본다. 내일 회사 일도 어떻게 해야 할지 좋은 아이디어도 갑자기 나온다. 그래서 술이라는 게 한편으로는 굉장히 고마운 존재다.

그런데 이런 좋은 역할을 하는 술을 그저 남편 술 먹는 모습이 그냥 보기 싫다는 이유로 먹지 말라고?

그냥 그렇게 술 좋아하는 남편을 이해해주자. 그런 남편을 위해 술안주를 준비해보자.

물론 술을 먹고 항상 행패를 부리거나 고주망태가 되는 남편은 당연히 술을 마시면 안 된다. 그것은 술을 마시는 게 아니라 알코올중독에 가깝다. 정신병이다. 그런 남편은 무조건 술을 멀리해야 한다.

또한 술을 마신 다음 날에 제대로 몸도 못 가누고 출근도 힘들게 하는 남자도 술을 마실 자격이 없다. 술을 마신 다음 날에도 언제 그랬냐는 듯 새벽에 일어나서 출근 준비를 하는 게 기본이다. 그런 기본도 없는 사람은 술을 마시면 안 된다.

하지만 남편이 그렇지 않다면 그냥 술을 많이 마시라고 응원을 해주자. 그렇게 응원해주는 와이프에게 남편은 더 크게 감사하면서 더 잘해주게 되어 있다.

술 좋아하는 남편에게 더 많이 마시라고 응원해주는 와이프는 양귀비보다 더 귀한 존재다. 난 와이프가 얼마나 힘드시냐며 술상을 봐주겠다고 할 때 제일 예쁘더라.

남편을 왕으로 대하면 된다

바보 온달과 평강 공주 이야기는 거의 모든 사람들이 알 것이다. 바보로 살아온 온달과 평강 공주가 결혼을 하게 되고, 그 후 평강 공주가 바보 온달을 남편으로서보다 더 귀한 왕처럼 여겨 결국 나중에 크게 성공하게 되었다는.

예전에 "남자는 여자하기 나름"이라는 TV 광고 문구도 있었다. 맞다. 남자는 무척이나 단순하다. 와이프가 자기를 대할 때 왕처럼 대하면 그 남편은 정말 사회생활에서 자신만만하고 능력도 엄청난 사람이 될 확률이 크다. 자기를 왕으로 대하는 와이프가 있으니 당연히 그렇게 될 자격을 갖추게 되더라. 또한 그렇게 자기를 왕으로 대해주는 와이프는 왕비로 대하게 되어 있다. 그렇게 남자들은 지극히 단순하다.

그런데 와이프가 남편을 대할 때 그냥 평범한 남자로 대한다면? 남편이 뭔가 잘못하면 바로 짜증을 내고, 부족한 면을 계속 지적하면서 산다면 남편은 사회생활에서 성공할 수 있을까? 남편이 무엇을 해결해도 와이프가 별 관심이 없다면?

"당신은 보통 사람이 아니야. 여보! 당신은 정말 대단하고 능력 있는 사람이고, 난 그런 당신을 항상 존경해."

매사에 남편에게 이렇게 말한다면, 남편은 와이프에 대해 어떤 생각을 하며 살게 될까?

물론 남편도 마찬가지다. 와이프를 항상 왕비로 대우하게 된다면?

와이프가 하는 행동 하나하나에 대해 왕비를 대하듯 칭찬해주고, 자녀들 앞에서 와이프 칭찬을 쏟아내고, 자녀들에게 "너희 엄마는 아빠에게 왕비님이니 절대 엄마에게 함부로 행동하거나 함부로 말하지 말라"고 한다면?

남편과 와이프가 서로 평등한 시대에 사는데 왜 왕과 왕비로 대접해줘야 하느냐고 묻는다면 지극히 우둔한 질문이다. 당신의 배우자가 당신에게는 가장 든든한 동업자이자 후견인이며 강력한 응원자 아닌가? 그런데 그런 배우자가 당신을 최고로 대우한다면? 왕처럼 또는 왕비처럼 대우한다면?

부부관계가 지극히 좋지 않는 가정을 보면 십중팔구는 남편과 와이프가 모두 자기주장이 정말 강하다. 자기주장만 계속한다. 상대방의 입장은 생각지도 않는다. 그냥 자기 의견만 중요하다고 한다. 그러면서 무조건 자기 말을 들어줘야 한다고 소리를 지른다.

하지만 내가 볼 땐 남자가 능력 있는 가정이라면 먼저 와이프가 남편을 왕처럼 대해주면 좋을 것이고, 와이프가 기가 센 가정이라면 남편이 와이프를 왕비 대접 해주는 게 좋을 것 같다.

왕과 왕비가 멀리 있는 게 아니다. 바로 당신 옆에 있는 남편이 왕이요, 당신 옆에 있는 와이프가 왕비인 것이다.

남편의 구두를 닦아 주자

내가 학생일 때 어머니는 아버지의 구두를 매일매일 닦아주셨다. 전날 부부싸움을 했어도 아버지의 구두는 꼭 닦으셨다. 그것도 광이 번쩍번쩍 날 정도로….

아버지와 어머니는 부부싸움이 잦았지만, 어머니는 아침마다 늘 아버지의 구두를 닦으셨다. 어머니는 나에게 항상 이렇게 말씀하셨다.

"정수야. 남자는 말이야, 사회에 나가서 구두가 정말 중요해. 구두가 정말 깨끗해야 사회생활을 하면서 주변 사람들에게 인정을 받기 시작하는 거야. 그게 남자야. 아버지는 우리 가정을 책임지는 분이신데, 밖에 나가서 당연히 인정을 받으셔야 하지 않겠니? 그러니 당연히 내가 해드려야지. 아버지 때문에 우리 가족이 이렇게 잘 살아가고 있으니까. 항상 아버지에게 감사한 마음을 가지고 살아야 해, 정수야."

어머니는 아침마다 아버지의 구두를 닦으심으로써 아버지를 우리 집안의 진정한 가장으로 인정하고 계셨던 것이다.

요즘 젊은 와이프들에게 남편의 구두를 닦으라고 권하면 몇 명이나 할 수 있을까? 아마 남녀평등에 위배된다, 남성 위주의 사고를 한다, 시대에 뒤떨어지는 말이다라고 하면서 그런 일을 못한다고 할 와이프가 99.9% 정도가 아닐까 싶다.

하지만 남녀평등 같은 생각에서 벗어나 다시 한 번 생각해보자. 당신이 만약 와이프가 아니라 남편이라면? 남편으로서 사회에 나가 열심히 돈을 벌어오는 입장이라면? 한 가족을 책임지고 있는 가장이라면?

그렇다면 가장 인정받고 싶은 사람이 누구겠는가? 바로 와이프다. 와이프에게서 존중받고 싶고, 가정을 책임져줘서 고맙다는 말을 듣고 싶을 것이다.

바로 그런 표현을 아침 출근 전에 와이프가 구두를 닦으며 해준다면 얼마나 감사하고 감동할까? 부부의 모든 일을 그저 남녀평등이라는 단어 속에 가둘 필요는 없지 않겠는가?

남편에게 아침부터 이런 감동을 안겨준다면 남편이라고 그냥 가만히 있겠는가? 분명 당신이 아침에 한 행동보다 수십, 수백 배의 반대급부 선물을 남편이 준비할 것이다.

감동은 큰일에서 일어나는 게 아니라 바로 이렇게 자그마한 일에서 일어나더라. 또한 이런 일이 연속되면서 생각지 못한 큰 행운도 찾아오는 것이고.

효도가 가장 중요하다고 생각하는 남편은?

요즘같이 개인화가 많이 발전한 사회에서 아직도 효도가 가장 중요한 덕목이라고 주장하는 남편이 있더라. 우와! 이런 사람은 정말 국보급 문화재 아닐까?

효도? 정말 중요하다. 특히 우리나라처럼 유교문화가 뼛속 깊이 주입된 나라에서는 효도가 당연히 제일의 덕목이라 해도 과언이 아니다.

하지만 난 결혼을 하고 나서도 효도를 지극히 주장하는 남편이 있다면 이것은 정말 바보 같은 모습이라고 생각한다. 결혼을 했다면 이미 한 가정의 가장이다. 한 가정의 가장으로서 그 가정, 즉 와이프와 자녀들을 가장 우선적으로 생각해야 한다.

결혼을 하기 전까지야 당연히 아들로서 부모님을 지극 정성으로 챙겨야 한다. 그게 맞다. 자식으로서 부모에게 최선을 다해야 한다. 하지만 결혼을 했다면 모든 정성을 와이프와 아이들에게 쏟아야 하지 않겠는가? 자기 가정과 부모님 가정에 동시에 어떤 문제가 생겼을 경우 당연히 자기 가정부터 챙겨야 한다. 그게 맞는 것이다.

부모님도 마찬가지다. 자식이 결혼해서 출가를 했다면 이제는 남남처럼 지내야 한다. 아들 부부가 어떻게 살든, 혹시 무슨 문제가 있든 절대로 신경을 써서는 안 된다.

아들 부부가 다 알아서 하도록 내버려두는 게 부모로서의 예의다. 아들에게 자주 연락해서도 안 되고, 자주 보자고 해서도 안 된다. 며느리에게도 전화 하는 것을 삼가야 한다. 결혼한 아들이 자기 가정에 충실할 수 있도록 부모가 도와줘야 한다.

아들이 결혼을 했다면 그 이후부터는 남남처럼 사는 게 맞다. 아들이 대학을 졸업할 때까지 부모로서 잘 키워줬으면 그걸로 됐다. 그 이후부터는 아들은 자기 인생을 사는 것이다. 부모가 아들의 인생을 간섭하면 안 된다. 부모는 떠나보낸 아들을 그리워하거나 간섭해서도 절대 안 된다. 그냥 떠나보내야 한다.

내가 아는 어느 분의 가정생활을 예로 들어 말해보고자 한다.

이분은 남편과 5년 정도 연애를 했고 10년 정도 결혼생활을 해오고 있다. 다섯 살 아들과 세 살 딸이 있다. 남편은 대기업에 다니고, 와이프도 중소기업에 다닌다. 그런데 문제는 남편이 어머니에 대한 효성이 너무나도 지극하다는 데 있다.

남편은 퇴근이 항상 늦다. 업무가 많다 보니 어쩔 수 없다고 와이프도 생각한다. 그런데 남편은 아침에 출근할 때, 점심때, 퇴근할 때 항상 홀어머니에게 전화를 걸어 안부를 묻는다. 또한 주말에는 언제나 홀어머니를 보러 본가에 간다. 토요일에 본가에 가서 어머니의 가사 일을 돕고 일요일 저녁에 돌아온다고 한다.

어머니에 대한 효심이 얼마나 크면 이렇게 할 수 있을까? 주변 사람들은 이 남편을 지극한 효자라고 칭찬도 해줄 것이다.

하지만 평일에는 늘 퇴근이 늦다 보니 육아에 대한 것은 와이프가 전담을 하고 있다. 토요일, 일요일에는 남편이 자녀들을 데리고 본가에 어머니를 뵈러 가니 좀 쉴 수는 있지만, 와이프는 남편과 함께하는 시간이 거의 없다.

게다가 무슨 일을 할 때마다 언제나 어머니를 우선으로 해서 한다. 그러니 와이프의 불만이 클 수밖에. 와이프의 불만이 이렇게 쌓여가는데도 남편은 와이프에게 "시어머니에게 왜 안부전화 한 번 안 하냐"고 오히려 화를 낸다고 한다.

다시 말하는데, 결혼을 하면 부모와 연락을 거의 끊어야 한다. 그게 맞다. 언제까지 계속 부모님에게 효도만 하고 살 것인가.

이제 새로운 가정을 만들지 않았는가? 그렇다면 그 가정에 충실하고 최선을 다해야 한다. 새로운 가정을 만들었다는 것은 부모님에게서 멀어져야 한다는 것과 일맥상통한다. 부모님은 큰일이 생겼거나 명절 때 찾아뵈면 된다. 그게 바로 성인이 된 자식으로 해야 할 행동인 것이다.

그런데 우리 주변에는 아직도 결혼을 하고 나서도 계속 부모님께 의지하고 자주 연락하며 찾아뵙고 하는 사람들이 상당히 많다. 이렇게 되면 가정생활이 순탄하기는 힘들다. 효심이 강한 남편이 있는 가정치고 부부싸움 잦지 않은 가정이 없을걸.

와이프가 육아를 하고 있을 때는…

＼

결혼을 해서 와이프가 아이를 출산하게 되면 당연히 회사에 휴직계를 내고 육아에 전념할 수밖에 없다. 난 지금까지 직접적인 육아 경험은 없지만 우리 회사 여직원들에게 물어보면 육아만큼 힘든 것은 없다고 자신 있게 말하는 걸 보면 얼마나 힘든지 족히 짐작이 된다.

육아를 하다 보면 하루 온종일을 아이에게 정신이 팔리고, 육체적인 노동 또한 대단할 것이다. 아이가 어디 부모 맘대로만 움직이겠는가? 잘못하면 화상도 입을 수도 있고 크게 다칠 수도 있으니 엄마로서는 모든 정신이 아이에게만 쏠릴 수밖에 없을 것이다. 이러니 와이프가 얼마나 스트레스가 크겠는가?

이렇게 와이프가 육아에 온 신경을 쓰고 있을 때 남편은 어떻게 해야 하겠는가?

나도 술을 좋아하고 사람을 좋아하는 편이지만, 이때만큼은 남편으로서 이런 욕구를 다 억누르고 무조건 집으로 빨리 가야 할 거 같다. 집에 가서 와이프의 일을 열심히 도와줘야 하지 않겠는가? 빨래나 설거지 같은 것이라도 열심히 도와주고, 아이를 돌봐줘야 그래도 힘든 와이프에게 기쁨을 주고, 와이프도 이런 남편에게 감사함을 느끼게 될 것이다.

그러고 나서 아이가 잠들면 와이프와 막걸리라도 함께 마시면서 서로를 위로하면 일석이조가 아니겠는가?

가사일을 끝낸 뒤 저녁에 와이프와 함께 술을 마시면서 얼마나 힘드냐고 위로도 해주고, 당신이 살아가는 이야기도 서로 나누게 되니 좋다. 또한 이럼으로써 당신은 와이프에게, 와이프는 당신에게 감사함을 느끼게 되니 그 또한 아주 좋은 일일 것이다.

내가 젊었을 때 주변 동료들을 보면 와이프가 육아를 하는데도 친구 모임, 회사 회식 등에 열심히 참가하는 경우가 있었다. 물론 그 동료들이야 친구 사이에서, 회사 내에서 인기가 많았겠지만 와이프로서는 참기가 그리 쉽지만은 않았을 것이다. 그래서인지 그 동료는 부부싸움을 자주 한다고 나에게 말했던 기억이 난다.

나도 나이가 오십 가까이 되지만 젊었을 때 그렇게 술 같이 많이 먹고 같이 놀아본 사람들 중에 현재까지 내 옆에 남아 있는 사람은 거의 없더라. 시간이 지나고 나니 다들 자기 일에 바쁘고, 그렇게 서로 서먹서먹해지기 마련이다.

와이프가 육아를 할 때 남편이 자기에게 신경을 써주지 않고 그저 사회생활에만 집중하면 그로 인해 와이프가 받는 정신적 상처는 평생 지워지지 않는다고 하더라. 육아로 가장 힘들 때 남편이 회사일 때문에 바쁘다, 모임 때문에 바쁘다는 핑계로 집에 늦게 들어오고, 와이프의 가사 일을 적극적으로 도와주지 않으면 부부관계가 좋을 리 없지 않겠는가?

술 많이 먹고 싶고 많이 놀고 싶더라도 시간이 지나 와이프가 육아를 마치고 회사에 다시 복귀했을 때, 아이를 어린이집에 맡기기 시작하고 나서 맘껏 즐기자. 그러면 된다. 와이프가 가장 힘든 시기인 육아 기간에는 당신이 남편으로서 감동을 주고, 그러고 나서는 놀고 싶은 끼를 맘껏 발산하자. 그러면 와이프가 당신의 그런 면을 반대하지 않을 것이다.

만약 육아 기간 동안 남편이 와이프를 열심히 도와줬고, 육아 기간이 끝난 이후에는 열심히 놀겠다는데 그것을 막는 와이프라면 그것은 잘못이다. 남편이 사회에서 잘 놀고 해야 인정도 받고 그러면서 출세도 하는 것이다. 지금 세상은 일만 잘한다고 성공하는 시대가 아니다. 아이도 어느 정도 컸는데 남편이 계속 와이프와 아이들 때문에 빨리 퇴근해야 한다면 직장에서는 그 사람을 인정하지 않는다.

와이프여!
짜증은 아니다

와이프가 남편에게 짜증을 잘 내면 모든 일이 잘 풀릴까?

오히려 남편과 관련된 가정사가 더 힘들어지고, 더욱이 남편은 더욱더 와이프의 바람과 반대로 움직이기가 쉽다.

남자라는 동물은 와이프가 자신에게 언제나 울타리 같은 존재이기를 바란다. 남자들은 그렇다. 남편이 무슨 잘못된 행동을 해도 와이프가 너그럽게 봐주기를 바라고, 또한 가장 든든한 아군이자 조력자가 바로 와이프이기를 바란다.

남편이 혹시 무슨 실수를 하더라도 "내 남편은 그런 실수로 위축될 사람이 아냐!" 하고 외쳐주기를 바라는 게 남편의 마음이다. 남편이 투자를 잘못 하거나 사기를 맞아도 와이프는 "여보, 살다가 그런 실수도 한 번 할 수 있는 거니까 힘내요! 제가 이렇게 당신 옆에 있잖아요!" 해주기를 바란다.

그런데 남편이 무슨 행동을 하나 하더라도 와이프가 사사건건

시비를 걸고 짜증을 내게 되면 남편은 점점 와이프와 대화를 피하게 될 것이다. 매일 와이프의 눈치를 보며 살게 될 것이고, 와이프와의 관계 또한 멀어질 수밖에 없다. 게다가 자녀들도 부모의 이런 모습을 보면서 제대로 사랑받고 자라기가 힘들 수밖에 없다.

와이프는 짜증을 많이 내면 남편이 자기 말대로 해줄 것이라고 생각하는 것일까? 남편의 행동 하나에 기분이 상하고, 남편의 말 하나에 토라지고 하는 것은 정말 부부관계에서 피해야 할 모습이다.

와이프는 남편에게 짜증을 내기보다는 항상 웃는 얼굴로 넘치는 칭찬을 해주어야 한다. 남편이 술을 잘 마시면 잘 마신다고 칭찬해야 하고, 회사에서 일 때문에 늦으면 얼마나 고생이 많으냐고 칭찬하면서 어깨를 주물러 줘야 한다. 밥을 많이 먹으면 밥 잘 먹어줘서 고맙다고 칭찬을 해야 하고.

이런 것에 남편은 더 고마움을 느끼게 되고 와이프에게 더 잘해주게 되어 있다. 와이프가 짜증을 많이 내게 되면 남편은 와이프에 대한 온갖 정이 다 사라지게 되어 있다.

와이프의 짜증은 부부관계를 악화시키는 최고의 명약이다.

부부관계에서 가장 중요한 것은 어쩌면…

지인 중에 이런 사람이 있었다.

경기가 나빠서 그분이 하는 사업이 힘들어지자 집 안에서 어두운 표정으로 지냈다. 며칠 동안 그렇게 지내니 와이프가 왜 그러느냐고 물어봤단다. 그래서 요즘의 어려운 상황을 이야기했다고 한다.

그랬더니 와이프는 남편과 함께 고민을 하기보다는 오히려 남편에게 이렇게 말하더란다.

"내가 제일 좋아하고 존경하는 여보! 내가 지금보다 더욱더 잘해드릴 테니, 왕처럼 모실 테니 우리 남편 힘내세요!"

남편은 와이프에게서 이 말을 듣고 감동했다고 한다.

내가 하고자 하는 말은 이렇다.

말 한마디가 천 냥 빚을 갚는다고 하지 않던가? 당신의 남편, 당신의 와이프에게 해주는 이런 감동적인 말 한마디가 상대방에게 거대한 힘을 주게 되어 있다. 이런 말을 할 수 있는 와이프와 사는 남편은 이후에 사회생활에서나 가정생활에서 모두 영웅이 될 확률이 크다. 또 이런 말을 해주는 남편과 사는 와이프는 신사임당이 될 확률이 아주 크다.

남편이 힘들어 한다고 같이 힘들어 하는 것은 좋은 게 아니다. 남편 사업이 잘 안 된다고, 남편이 직장에서 승진을 못해 스트레스를 받는다고, 다른 많은 일로 어려워한다고 해서 와이프가 옆에서 같이 힘들어 하면 안 된다. 위의 사례처럼 남편에게 힘이 되는 말을 해주는 게 더욱더 효과가 클 것이다.

와이프의 이런 위로 한마디, 더 잘하겠다는 고마운 한마디에 남편의 인생을 바꾸는 강한 힘이 있는 것이다.

법륜스님의 강의를 들어보면 이런 말을 하시더라.

남편이 술을 먹고 늦게 들어오면 와이프가 "여보! 오늘 일하느라 힘드셨을 텐데, 술 드시느라 얼마나 고생하셨어요? 제가 술상을 더 봐드릴까요?" 하고 말해보라고.

같은 내용이더라도 "왜 이렇게 늦었어! 여보"라는 말로 남편에게 짜증을 내는 것과 이렇게 남편이 듣기 좋게 하는 말은 듣는 남편에게 천지차이일 것이다. 어쩌면 남편의 마음속에 큰 감동이 일어날 것이다. 이렇게 말을 예쁘게 하는 와이프라면 하늘에서 주신 선물이라고 여기고도 남을 것이다.

소통전문가 김창옥 교수님도 강의에서 말을 기분 나쁘게 하는 사람과는 절대 못 산다고 했던 것을 난 기억한다. 맞다. 지극히 맞는 말이다.

좋은 결혼생활을 유지하는 가장 좋은 특효약은 바로 "상대방에게 말을 예쁘게 하는 것"이 아닐까?

남편이 매일 집에 늦게 온다면?

남자들 중에는 40대가 넘어서도 정말 사회에서나 회사에서 인기가 많은 사람들이 있다. 수많은 사람이 남편을 시시때때로 찾고, 모임에 나와 달라는 요청이 넘쳐나고, 어느 행사에나 초청을 받는 그런 남편! 40대인데도 인기가 높아서 매일 늦게 들어오는 남편!

당신이 이런 남자의 와이프라고 한다면 어떻겠는가?

내가 볼 때 당신은 이런 남편을 귀하게 여겨야 한다. 이런 남편은 사회에서 성공할 확률이 아주 크기 때문이다.

사회생활을 하면서 남편의 성공은 능력이 출중해서만 이루어지는 게 아니다. 남편이 이렇게 사회생활을 하면서 남편을 좋게 봐주는 윗사람들이 나중에 기회의 자리에 선택을 해줌으로써 성공을 쟁취하게 되는 것이다.

그러므로 그런 남편은 장례식장에도 빠짐없이 가야 하고, 회사 모임에도 무조건 참석해야 하고, 동문 모임에도 잘 참가해야 한다. 그런 참가를 통해 나중에 어떤 행운이 따를지 모른다.

남편이 매일 집에 늦게 들어오는 바람에 가사에 신경을 많이 못 쓴다고 서운해할 게 아니다. 오히려 사회생활로 바쁜 남편이라면 나중에 다른 사람들보다 더 크게 성공할 확률이 많다는 이야기니 부디 남편에게 모임도 많이 참가하라고 말하고, 회식도 많이 참가하라고 하자.

이런 일들 때문에 집에 늦게 들어오면 남편의 어깨도 주물러주고, 고생 많았다면서 같이 맥주도 한잔하자. 그리고 남편에게 고생 많다고 위로도 해주고 많이 칭찬해주자.

대부분의 와이프들은 남편이 이런 모임 때문에 집에 늦게 들어오면 바가지를 긁는다지만, 그런 모습은 남편의 능력을 하찮게 봐서 그런 것이다.

부디 남편을 높이 받들어주자.

그래도 성공해보겠다고 저렇게 열심히 살아가고 있는 거 아닌가? 당신과 아이들을 위해 날마다 밖에서 최선을 다해 살아가고 있는 거 아닌가? 얼마나 그 모습이 멋지고 대견한가? 보통 남편 같으면 그렇게 인기도 많지도 않을 텐데….

집안일을 도와주지 않는 남편은?

＼

집안일은 와이프 혼자만의 일이 아니다. 부부로서 당연히 남편과 와이프가 함께 해야 할 노동이다. 그런데 남편이 잘 도와주지 않는다고? 아무리 부탁을 해봐도 소용이 없다고?

그렇다면 남편에게 집안일을 요청하지 말자. 그렇게 아무리 요청해 봤자 남편이 잘 도와주지도 않는다면 쇠귀에 경 읽기일 뿐이다. 괜히 요청해서 안 들어주면 와이프인 당신만 상처를 받고 심신이 피곤해진다.

그렇게 남편이 집안일을 잘 도와주지 않는 것으로 스트레스를 받지 말자. 괜히 스트레스를 받으면 부부싸움만 더 할 것이며, 혼자서 스트레스를 받는 양도 더욱 커지게 된다. 이런 것 때문에 남편에게 짜증을 낸다면 어차피 돌아오는 것은 남편의 화뿐이다.

그냥 '내 남편은 그런 사람인가 보다'라고 생각하자. 내 남편은 원래 집안일을 잘 못하는 사람이라고 생각하자. 그 대신 남편에게 집안일 말고 다른 것을 맘껏 요구하자. 남편에게 안 되는 집안일을 억지로 시키기보다는 남편이 자발적으로 당신을 위해 해줄 수 있는 것을 찾고 만들어보자. 그리고 그런 것을 부탁해보자. 남편이 잘할 수 있는 거 말이다.

그러면 스트레스도 받지 않고 당신이 원하는 것을 얻을 수 있지 않겠는가? 부부 사이에도 처세라는 것이 필요하고, 남편 다루는 능력이 필요하다는 게 바로 이런 데 적용되는 것이다.

예를 들어보자.

당신이 어떤 목걸이를 꼭 갖고 싶다면 남편이 집안일을 도와주지 않는 것을 빌미로 그것을 요구하자. 특히 비싼 것들을 요구하자. 이왕 갖고 싶은 거 비싼 걸로 요구하는 게 좋지 않을까? 남편도 자기 와이프에게 그런 비싼 목걸이를 선물해주면 기분도 훨씬 좋아지지 않겠는가?

목걸이 말고도 용돈을 요구할 수도 있고, 힐링을 하기 위해 혼자 떠나는 여행을 요구할 수도 있다. 이 외에도 와이프로서 요구할 수 있는 것들은 정말 많을 것이다.

결혼을 하고 나서 보니 사고 싶어도 살 수가 없고, 여행을 가고 싶어도 갈 수가 없다는 그런 푸념 섞인 말을 남편에게 할 게 아니라, 가사를 도와주지 않는 남편을 이용해서 당신이 원하는 것을 다 이루면 이게 얼마나 좋은 일인가?

남편이 그런데도 당신이 원하는 것을 해주지 않는다고?

그렇다면 잘 한번 생각해보라. 가정 일에 하나도 신경 쓰지 않는 남편, 그런데 와이프가 원하는 것마저 하나도 해주지 않는다면 굳이 같이 살 필요가 있을까? 그건 아무리 생각해봐도 올바른 부부 생활은 아닌 거 같다.

그냥 당신 혼자 살자!

많은 선물은
절대 하면 안 된다

남편들 중에 와이프에게 선물을 많이 해주는 사람들이 의외로 많다. 또한 와이프도 남편에게 시시때때로 선물을 하는 사람들이 많더라. 그렇게 자주 선물을 하면 사랑의 표현이 될 뿐만 아니라 사이도 더욱 각별해질 것으로 생각할 것이다.

물론 나도 이렇게 선물을 하는 것을 반대하지는 않는다. 하지만 너무나도 잦은, 너무나도 많은 선물은 오히려 약이 아니라 독이 확률이 크다.

무슨 말이냐고? 선물은 귀하고 가치 있어야 한다. 그래야 그 값어치를 제대로 발휘할 수 있다. 선물을 시시때때로 자주 한다면 당신의 남편, 와이프가 그 선물의 값어치를 높이 평가할 거 같은가?

예를 들어 당신이 와이프에게 사랑의 의미로 선물을 시시때때로 자주 한다고 하자. 그러면 와이프는 처음에는 고맙게 여기겠지만 시간이 지나면서 선물을 귀하게 여기지 않게 된다. 워낙 많은 선물을 하게 되면 나중에 다른 선물을 받아도 전혀 고맙지 않을 수가 있고, 또한 그동안 어떤 선물을 받았는지 기억도 못 하게 된다.

선물은 정말 큰 기념일이나 잊지 말아야 할 날에만 하자. 그래야 가치를 발휘한다. 너무 많은 선물, 너무 잦은 선물은 배우자의 버릇을 나쁘게 만든다. 당신의 선물에 감동을 해야 하는데 나중에는 겨우 이겨내며 빈정댈 수도 있다. 그게 바로 선물을 너무 많이 한 결과다.

또한 너무 비싼 선물도 해서도 안 된다. 비싸다고 좋은 게 아니다. 뭘 하나 선물하더라도 당신의 정성이 들어간 게 훨씬 효과가 크다.

예를 들어 저렴한 액세서리를 선물하더라도 당신의 손 편지와 함께 배우자에게 전달하면 그게 더 감동적일 것이다. 요즘 누가 손 편지를 쓴단 말인가? 손 편지 말고도 당신의 정성이 들어간 선물을 하면 수백, 수천만 원의 선물보다 더욱 더 값어치가 있을 것이다.

이런 선물이 더 큰 감동을 낳는 것이지, 비싼 선물이나 너무 잦은 선물은 그 값어치가 떨어진다는 것을 알아야 한다.

각방 생활이 나쁜 건 아니다

부부생활을 하다 보면 어찌 항상 좋을 수만 있으랴? 서로 다른 환경에서 자란 두 사람이 같이 사는데 별의별 일이 다 있지 않겠는가? 당연히 다툼도 있고, 오해도 있게 된다.

대부분의 부부생활 관련 책을 보면 이런 경우에도 각방 생활은 하지 말라고 적극 권한다. 어떠한 다툼이나 불만이 있다 해도 부부는 무조건 한방에서 같이 잠을 자야 한다고 말한다. 절대 각방을 쓰면 안 된다는 것이다.

하지만 난 반대다. 부부가 가끔 각방 생활을 해도 나름대로 도움이 된다. 한 TV 프로그램에서 여에스더라는 의사 선생님도 자기 남편과 각방을 쓴다고 하더라. 그게 와이프가 갱년기인 시기에는 부부싸움을 막는 방법이라고 생각해서 2년 반 정도 각방 생활을 하고 있고, 실제로 그게 부부생활에 큰 도움이 되더란다.

각방을 쓰지 않음으로써 배우자에게 피해를 주거나 상처를 줄 수밖에 없다고 한다면 그게 함께 방을 쓰는 효과가 있을까? 부부 중 한 사람은 계속 참고 살아야 한다는 이야기인데, 그게 정말로 좋을까 싶다. 그렇게 좋지 않은 분위기에서 자칫하면 서로 싸우게 될 것인데 그렇게 한방에서 지내는 것이 마냥 좋은 것일까?

부부 사이에 큰 다툼이 있었다 할 때는 서로 각방을 쓰면서 상대방에 대해 깊이 생각해볼 수도 있지 않겠는가 하는 것이 내 생각이다. 서로 다툰 상태에서 같은 침대에 누워 잠을 청하려고 하면 많이 불편하고, 혹시나 감정이 좋지 않은 상태에서 대화를 나누다가 다시 싸우는 경우가 생길 수도 있지 않을까?

나도 와이프와 다투고 나서 각방을 써보기도 했다. 그런데 그게 그저 나쁜 것만은 아니더라. 자기 자신의 잘못된 점을 다시 한 번 생각해보기도 하고, 상대방에 대해 여러모로 생각해보기도 하며 며칠 지난 뒤 다시 만나 대화를 하며 풀기도 하였다.

물론 같은 침대에 누워 서로 대화하면서 바로 감정을 풀 수도 있겠지만, 난 오히려 하루나 이틀 또는 며칠 정도는 각방을 쓰면서 서로를 더 깊이 생각해보는 기회를 가지는 것도 나쁘지 않다고 생각한다.

그런데 만약 그렇게 각방을 쓰고 생각해봐도 남편에 대한 정이 생기지 않고, 와이프에 대한 고마움이 생기지 않는다면?

그렇다면 부부생활을 다시 한 번 생각해봐야 하지 않을까?

와이프는
마구마구 애교로···

애교? 애교는 여자의 절대 무기다. 남편은 애교를 피우기 힘들지만 와이프는 애교를 자주 피워야 하고, 그 애교를 통해 남편을 웃게 만들어줘야 한다.

당신이 와이프인데 애교를 피울 줄 모른다고? 그럼 배우면 되는 거 아닌가? 노력하면 되는 거 아닌가?

내 생각에 와이프의 애교는 부부관계에서 절대적으로 필요하다. 실제로 와이프가 애교가 없는 부부관계를 보면 밋밋하고 재미가 없어 보이지 않던가? 하지만 와이프가 애교도 많이 부리고 표현도 많이 하는 가정은 남편이 부부생활을 재미있어 하고 와이프의 말을 잘 듣게 되어 있다. 그런 와이프의 애교 표현이 아주 좋은데 어떻게 와이프의 말을 잘 안 따르겠는가?

와이프가 애교를 부리면서 뭔가를 부탁하면, 남편은 백발백중 그 부탁을 들어주게 되어 있다. 생각도 많이 하지 않고 무조건 들어주게 되어 있다. 하지만 와이프가 목석같은 분위기로 남편에게 부탁을 한다면 남편은 그 부탁을 잘 들어주지 않는다. 고민하고 또 고민하게 될 것이다. 애교는 바로 이렇게 강력한 무기다.

난 와이프가 남편에게 말이 많아야 한다고 생각한다. 대신 시시콜콜 말이 많은 것이 아니라 항상 밝은 분위기에서 남편을 위해주는 말을 많이 해주고, 남편이 최고라는 말을 많이 해주고, 남편을 존중하는 말을 항상 해준다면 남편은 이 세상 최고의 영웅이 된다.

대부분의 와이프는 남편이 자기 뜻을 잘 몰라준다고 불평을 많이 한다. 하지만 이것은 와이프가 남편에게 표현을 제대로 하지 않기 때문이기도 하다. 와이프가 웃는 얼굴로 애교를 부리면서 남편과 어떤 것을 같이 하고 싶다고 한다면 어느 남편이 그런 와이프의 말을 안 따르겠는가?

부디 남편이 당신을 위해 모든 것을 다 알아서 해줄 것이라는 생각은 하지 말자. 그것은 과욕이다. 그 대신 오늘부터라도 아주 밝은 모습으로 남편에게 애교를 부릴 준비를 하자. 그리고 당신이 남편에게 원하는 바를 하나씩하나씩 크게 웃는 모습과 함께 애교를 부리며 남편에게 말하자.

그동안 당신이 한 번도 생각해보지 못했던, 남편의 순한 양 같은 모습을 보게 될 것이다.

말과 장난을 많이 하지 마라

앞에서 나는 남편과 와이프가 서로 말을 많이 해야 한다고 주장했다. 그런데 이번에는 말과 장난을 많이 하지 말라고? 이건 또 무슨 말인가?

내가 남편이나 와이프에게 말을 많이 하라고 한 건 상대방에게 힘이 되어줄 수 있는 그런 말을 뜻하는 것이다. 배우자가 듣고 힘이 될 수 있는 말, 배우자에게 위로가 될 수 있는 말, 당신의 하나밖에 없는 배우자에게 "이 세상에서 최고다"라는 말을 많이 하자는 것이었다.

하지만 너무나도 시시콜콜한 많은 말과 잦은 장난은 부부관계에 좋을 게 하나도 없다. 물론 대화는 많이 해야 하지만 지나치게 말을 많이 하거나 시시콜콜한 것까지 말하는 것은 부부 관계를 해친다.

당신의 회사생활에 대해 시시콜콜한 말을 많이 한다든가, 당신 지인에 대한 시시콜콜한 말이라든가, 주변의 일에 대한 너무나도 시시콜콜한 말을 많이 하게 되면 어떨까? 배우자가 처음에는 들어줄 수 있을지 몰라도 나중에는 그런 말들이 귀찮게 되고 당신의 말을 별로 귀히 여기지 않게 된다. 당신은 배우자에게 어느 정도 선까지만 말을 해야 하고, 또 어떤 말은 참아야 한다.

내 지인 한 분은 회사 내에서 어떤 문제가 생겨도 웬만해서는 와이프에게 말을 하지 않는다고 한다. 왜 그러시냐고 물었더니 그런 문제를 와이프에게 말하게 되면 와이프의 성격상 많이 걱정하고 스트레스를 받을 거라면서 오히려 와이프를 위해 말하지 않는 게 좋겠다고 하시더라.

나중에 이런 이야기를 이분의 와이프께 말씀드렸더니 남편의 이런 면 때문에 남편을 존경하지 않을 수 없다고 하시더라. 자기 자신을 존중해주는 느낌이 든다고 하시더라. 자기가 그런 이야기를 다 듣게 되면 분명히 걱정하게 될 것을 남편이 잘 알기 때문에 그렇게 자기를 배려해서 말하기를 자제한다고 생각한다면서 참으로 고맙다고 하더라.

나는 부부 사이라 해도 너무 많은 것을 오픈하면 안 된다고 생각한다. 일반적인 사람관계에서도 아무리 친하더라도 너무 많은 것을 오픈해서 나중에 피해를 보는 경우를 우리는 종종 보게 된다. 실제로 사람 관계에서 많은 것을 보여주고 오픈하는 것보다는 약간은 감추고 말을 아껴야 상대방에 대한 신비감이 존재하지 않던가?

부부생활에서도 마찬가지라고 본다. 아무리 같은 이불 덮고 잠을 자는 사이라고 하더라도 감출 것은 감추는 게 필요하다. 또한 너무 많은 것을 오픈하게 되면, 혹시나 나중에 부부 사이가 안 좋아졌을 때 당신이 과거에 말했던 것을 가지고 더 힘들게 되는 경우가 분명 있다. 당신이 무의식중에 뱉은 말로 인해 당신의 등에 칼이 꽂히는 일이 발생할 확률이 아주 크다.

그리고 배우자에게 제3자에 대한 비난 같은 것도 하지 않는 게 좋다. 그런 말이 나중에 돌고 돌아 어떤 결과로 나타나게 될지도 모르니 말이다. 그래서 난 아무리 부부 사이라 하더라도, 아무리 거리감 없는 부부 사이라 하더라도 시시콜콜 모든 이야기를 하면서 사는 것은 좋지 않다고 생각한다.

조금은 말하는 것을 참고 사는 것이 좋다.

또한 너무 잦은 장난은 서로에 대한 존중감을 해치고, 나중에는 심한 상처를 주게 되는 경우가 많다. 원래 사람 관계라는 게 장난은 어쩌다 한 번 정도 해야지 장난이 많아지면 좋은 분위기도 해치게 된다. 와이프에게 장난을 칠 것이라면 어쩌다 한 번씩 하자. 그리고 와이프의 기분이 좋아지고 힘이 되는 그런 장난을 하자. 그게 배우자에 대한 예의 아닐까?

필요 없이 장난을 많이 하고 농담을 많이 하면 분명히 상대방의 기분이 언짢아지는 경우가 자주 발생한다. 장난과 농담은 시시때때로가 아니라 어쩌다 한 번씩!

남편에게나 와이프에게나 이성 친구는 필요하다

결혼을 하고 나서는 이성 친구가 있으면 안 된다고? 이성 친구가 있으면 부부생활에 갈등을 초래할 수 있다고? 아니, 왜? 왜 안 되는 건가? 친구인데 안 된다고? 나중에 바람을 피울 수 있어서? 그런 믿음조차 없이 어떻게 결혼을 한 것일까?

난 부부생활을 하고 있더라도 자기 자신에게 이성 친구는 있어야 한다고 생각한다. 왜냐고? 여자가 어떻게 남자의 심리를 다 알겠는가? 또한 남자가 어떻게 여자의 심리를 다 안단 말인가? 불가능하다.

그런데 부부생활을 하면서 어떤 어려움이 생기거나 다툼이 생기게 될 때 동성 친구들끼리 이야기를 해봐야 해결책이 잘 나오지 않는다. 여자가 여자친구들끼리 모여서 대책을 논의해도 남자를 잘 모르는 사람들이 어떻게 대책을 말한단 말인가?

또한 나도 남자이기에 여자를 정말 모른다. 여자의 심리에 대해서는 완전히 문외한이다. 그런데 내가 남자친구들끼리 모여 대화를 해본들 무슨 해답을 얻을 수 있겠는가? 나도 그동안 남녀관계나 부부관계 문제로 수많은 지인을 만나봤지만, 와이프에 대한 문제에 대해서 무슨 말을 얼마나 진지하게 해봤겠는가?

와이프에 대한 문제에 대해서 나의 남자 지인들에게 물어봐서 무슨 근본적인 답을 얻은 적은 거의 없더라. 여자의 심리를 제대로 알지 못하는 남자들끼리 만나서 얻는 해결책이란 게 다 거기서 거기 아니겠는가?

만약 당신이 와이프라면 남편에 대해 무슨 불만이 있거나 다툼이 있었을 때 믿을 만한 남자친구와 상의도 할 수 있는 거 아닐까? 그렇게 이성 친구와 대화를 나누다 보면 '남자라는 동물'에 대해서 이해하기 쉬워질 수도 있지 않을까? 그 친구에게서 당신이 어떻게 해야 남편에게 더 잘할 수 있고, 어떻게 해야 남편의 마음을 풀리게 할 수 있는지 조언을 구할 수 있지 않겠는가?

결혼을 했으니 당신의 남편은 절대 다른 여자친구를 만나지 말아야 한다? 와이프 또한 다른 남자 친구를 만나면 안 된다? 난 그 반대로 생각한다.

믿을 만하고 절친한 이성 친구 한둘은 있는 게 좋다고 생각한다. 그래야 부부생활에 도움이 된다.

돈 관리는 함께?

요즘 많은 신혼부부를 만나보면 돈 관리는 각자가 다들 알아서 한다고 하는 부부들이 참 많더라. 자기의 사생활이 존중되어야 하고, 자기가 번 돈은 자기가 알아서 한다는 주의가 강해서인지 자기 수입은 자기가 관리한다고 하는 사람들이 많았다.

그런데 난 이 의견에 동의하지만은 않는다. 나도 남자지만, 남편이 와이프의 간섭 없이 혼자 자기 돈을 관리하다 보면 친구나 선후배들에게 와이프 몰래 빌려주기 일쑤다. 또한 어떤 일을 저지르기가 쉽고, 뭔가 투자한다는 명목 아래 실수하기가 아주 쉽다.

와이프도 마찬가지다. 와이프가 자기 돈을 혼자 관리하게 되면 자기에게 필요한 물건을 어떤 제약 없이 쓰기가 쉬워진다. 그러니 돈의 씀씀이가 커지기 마련이다. 과소비를 하게 될 확률도 커진다.

난 부부 사이에서도 서로 간에 돈에 대한 감시도 필요하고, 의논도 필요하다고 본다. 부부라는 것은 물론 개인의 사생활도 중요하지만 돈 관리도 함께하면서 서로 의견도 나누고, 어떤 것에 투자를 해야 할지, 양가 부모님에게 얼마나 드려야 할지, 자녀에게 어떻게 지출해야 할지 등 경제적인 면에서는 둘의 대화와 합의가 정말 중요하다.

그래야 향후 삶의 계획도 같이 만들고, 재정 상황도 함께 공유하고 있어야 나중에 오해도 없다. 또 함께 뭔가 재테크나 투자와 관련된 도전을 할 수도 있을 거 같다. 또한 재테크는 어떻게 해야 할지 같이 상의도 하고, 투자도 같이 해야 한다. 같이 부동산도 보러 다니고 하면서 돈이라는 것에 대해 눈을 떠야 한다.

내가 여러 부부를 상담하면서 보니 어떤 부부는 남편은 재테크에 관심이 많은데 와이프는 아예 관심도 없는 경우도 있더라. 이런 경우 나중에 갈등이 생길 확률이 크다.

남편은 와이프와 돈관리를 함께해야 하지만 명심할 게 있다. 부부가 같이 돈 관리를 하더라도 절대로 가계부를 써서는 안 된다. 가계부를 쓰게 되면 몇 천 원까지 따지게 되는 등 아주 지질한 사람을 만들기 때문에 남편과 와이프 모두를 아주 작게 만드는 효과가 있다. 그러니 절대로 가계부는 쓰지 말자.

집착은 부부관계를 완벽하게 파괴시킨다

와이프에 대한 남편의 집착이 강한 부부가 있고, 남편에 대한 와이프의 집착이 아주 강한 부부도 있다. 그렇게 집착을 부리는 사람은 그 집착을 사랑으로 오해하는 경우가 대부분이다. 사랑하기 때문에 배우자에게 집착한다는 생각이 아주 강하다.

하지만 부부 사이에 이렇게 집착이 강한 사람이 하나라도 있다면 이런 부부관계는 완벽하게 망가지기가 아주 쉬운, 바람에 흔들리는 촛불과 같은 모습이다.

왜 집착을 하는 것일까? 상대방에 대한 자신감이 없어서일까? 아니면 자기 자신에 대한 자부심이나 자존감이 부족해서일까? 상대방에 대한 의심이 많아서일까?

남편이 집에 늦게 들어온다고 해서 30분 단위로 전화를 하는 와이프가 있다고 해보자. 그게 정말 좋은 것일까? 아니다. 그것은 남편에게 와이프를 질리게 만드는 촉진제가 된다.

그냥 놔두자. 어디서 술을 먹든 아니면 회사에서 일을 더 하든 남편이 뭘 하든 그냥 내버려두자. 그냥 남편에게 오늘 집에 와서 저녁을 먹을 건지 말 건지만 물어보면 된다. 그리고 남편이 밖에서 밥을 먹을 거라고 하면 그냥 그렇게 알고 거기에 맞게 행동하면 된다.

와이프가 직장생활을 하고 있다 할 때 남편이 굳이 와이프의 일상에 대해서 일일이 물어보거나 하지는 말자. 그냥 와이프에게는 와이프 나름대로의 삶이 있는 거 아니겠는가?

와이프도 회사에서 회식이 있을 수 있고, 친구와의 만남도 있고, 사적인 생활이 있는 것이다. 그것을 다 참견하고 간섭하고 일일이 물어보고 하는 것은 부부관계에서는 아주 좋지 않은 태도다. 와이프의 사생활을 존중해줘야 한다.

부부라는 것은 두 사람의 삶에 더욱 더 도움이 되려고 만난 것이고, 그러려고 같이 사는 것이지 사적인 삶을 간섭하려고 만난 게 아니다. 오히려 부부가 되면서 상대방의 사생활을 존중해주고, 결혼을 한 이후로 더욱더 자기 자신의 삶을 살아갈 수 있도록 서로가 도와주는 게 더 좋지 않을까?

와이프가 누구를 만났다고 하면 그냥 기뻐해주자. 남편과 함께 있어서 얻는 것보다 다른 사람을 만나서 이야기를 나누며 뭔가를 더 얻을 수도 있을 테니 그냥 그 자체를 기뻐해주면 얼마나 좋은가? 남편이 와이프에게 완벽한 신神도 아니니 와이프가 누구를 만나서 어떤 것을 배웠다고 하면 잘했다고 칭찬도 해주자.

당신의 남편도 누군가를 만나고 무슨 일을 하고 하는 것에 대해서 너무 자세히 묻지 말자. 남편이 이야기를 하면 그렇다 치고, 이야기를 하지 않으면 그냥 놔두자. 당신의 남편이 말하지 않는다면 그만한 이유가 있을 것이니 대신 당신의 남편을 믿고 살자. 당신의 남편을 믿는다는 것은 그만큼 당신의 자존감이 아주 높다는 이야기다.

그러니 제발 부탁이다. 집착 같은 거? 휴지통에 버려버리자.

힘들 땐 한두 달 동안 밖에 나가 살자

＼

서로 다른 환경에서 수십 년 동안 지내온 남녀가 만나서 결혼생활을 하고 아이도 낳고 하면서 항상 좋을 수만 있으랴? 분명 부부싸움을 많이 하는 가정도 있을 것이고, 갈등이 깊어 서로 말도 안 하고 지내는 가정도 있으리라.

이런 상황에서 꼭 두 사람이 항상 집에서만 같이 지내야 한단 말인가? 부부생활이 견디기 힘들 정도로 어려우면 그냥 짐 싸들고 밖으로 나가자. 집 밖의 모텔 또는 오피스텔에 방을 구하고 생활해보자. 그렇게 상대방의 얼굴도 보기 싫고, 만났다 하면 서로 화만 내고 싸우는데 왜 굳이 같이 지내야 한단 말인가?

자녀가 있다면 자녀에게 말하자. 엄마가 한두 달 정도 나갔다가 들어오겠다고. 밖에 나가서 좋은 생각 많이 하고 오겠다고.

와이프가 꼭 집에서 자녀 밥이나 차려야 하고, 싫어하는 남편을 밤까지 기다려야만 하는가? 난 꼭 그럴 필요는 없을 거라고 생각한다.

솔직히 부부생활을 하다 보면 밖에 나가서 살고 싶을 때도 있지 않던가? 그러면 한 번 그렇게 해보는 것이다. 당신이 무슨 집 안에만 있어야 하는 가사도우미도 아니지 않은가?

남편에게 편지를 쓰든 문자를 남기든 그냥 선포하고 짐 싸들고 밖으로 나가자. 널리고 널린 게 오피스텔 월세다. 한 번쯤 그런 곳에서 월세로 살아보자. 혼자 살면서 하고 싶었던 거 하면서 살아보자. 자유도 느껴보고, 카페에 앉아 조용히 커피도 마셔보고, 혼자서 영화도 보자. 아니면 동해안 여행을 다녀오든지.

그러면서 많은 것을 느껴보자. 그렇게 혼자 지내다 보면 느껴지는 게 의외로 많다. 정말이다. 정말 많은 것을 느끼고 알게 되고 생각이 깊어지게 된다.

또한 당신이 남편인데 와이프와 사이가 좋지 않다면? 그냥 와이프를 한 달 정도 외국여행을 보내주면 어떨까? 그동안의 집안 살림에 대한 스트레스, 남편에 대한 스트레스를 풀 수 있도록 아무 조건 없이 여행을 보내주면 어떨까?

그렇게 혼자 지내다가 '아하! 내가 이제 집에 들어가야 하겠구나' 싶으면 그때 집에 들어가면 된다. 한두 달 정도 밖에서 혼자 생활도 해보고 많은 고민도 해보고 하다 보면 언젠가는 집에 들어가고 싶어진다. 그러면 그때 들어가서 남편에게 잘해주고, 아이들에게 잘해주자. 실컷 혼자만의 시간을 즐겼으니 그다음에는 다시 원상복귀해서 다시 또 잘 지내면 되는 거 아닌가?

집 밖에 나가 살다 보면 남편의 소중함도 느끼게 되고, 자신이라는 존재의 중요성도 알게 된다. 그게 일반적인 부부관계다.

그런데 만약 그렇게 나가서 살아봤는데 정말 혼자 사는 게 좋고, 남편 생각도 안 나고, 자녀 생각보다는 지금 이렇게 혼자 지내는 게 좋다고 생각이 되었다면…. 그러면 바로 이혼 서류를 준비해야 한다. 이혼하자. 당신만의 시간이 좋은 것이고, 남편에게 별 미련이 없는 것이고, 지금의 가정생활에 질릴 대로 질린 것이다.

그렇다면 왜 굳이 같이 살아야 한단 말인가? 당신의 인생이 얼마나 중요한데.

그냥 당신이 살고 싶은 대로 살자.

당신이 혼자 오랜 시간 동안 밖에서 지내면서도 남편에 대한 생각이 별로 나지 않았다면 이미 사랑은 식은 것이다. 남편에 대한 미련도 없는 것이다. 그러면 그냥 속 시원하게 이혼하고 혼자 살자. 그리고 당신의 인생을 맘껏 즐기자.

이혼녀라는 딱지가 뭐가 그렇게 중요한가? 그 딱지보다는 당신의 하나밖에 없는 인생이 더 소중하지 않겠는가? 게다가 요즘에는 이혼남, 이혼녀가 너무나도 허다하다. 주변에서 무슨 말 나올까 봐 걱정하는 것은 바보 같은 짓이다.

혼자 잘 살자! 그리고 그 혼자됨을 즐기자. 아주 맘껏!!

두 사람 중 한 사람이라도 저축만 하자고 한다면…

지금이 어느 시대인가?

우리는 완전한 자본주의 사회에서 살고 있다. 매년 물가가 오르는 그런 시대에 살고 있는 우리가 그저 열심히 저축만 해서는 돈의 값어치가 떨어지는 결과를 가져온다. 그럼으로써 실제로 당신이 저축한 모든 돈이 손해 보는 시대에 우리는 살고 있다.

그런데 요즘도 돈을 무조건 저축만 해야 한다는 바보 같은 생각을 하는 사람들이 많더라. 이런 사람들은 자본주의 시대의 바보 중 상바보다.

게다가 더욱 문제는 부부 중 한 사람은 투자를 하자고 하는데 끝까지 저축만 해야 한다고 우기는 남편 또는 와이프가 있다. 이야! 이런 바보가 정말 어디에 있나?

아무리 서울대학교를 나오고 외국 유명 대학을 수석 졸업하면 뭐 하나? 공부만 하느라 자본주의의 본질에 대해서는 아무것도 모르는 이런 멍청이 같은 사람이 있다면?

자본주의 사회에서 가정생활이라는 게 그저 사랑만으로 지속될 수 있다고 생각하는가? 아니다. 절대 그렇지 않다. 사랑과 더불어 경제적으로 여유가 돼야 그 사랑도 지속되는 것이고, 자녀 교육도 충분히 시킬 수 있는 거 아닌가?

그런데? 그저 저축만 하자고?

하루하루 얼마나 빨리 변하고, 돈이라는 것이 얼마나 빨리 가치가 떨어지는데 그런 거 무시하고 그저 저축만 하자고?

난 부동산 및 성공 관련 강사이기 때문에 수많은 사람을 만나는데, 부부 중에 끝까지 저축만이 살 길이라고 하는 사람을 보면 의외로 학벌 좋은 사람이 대부분이어서 놀랄 때가 많다. 솔직히 말해 어느 가정에서 계속 저축만을 고집하면 지금의 대한민국이라는 국가에서는 그 가정이 나중에 경제적으로 망하기에 딱 좋은 모습을 갖춘 것이다.

저축은 아니다. 일정 금액 정도까지만 모으면 모를까, 그 이후부터는 그렇게 모은 돈을 가지고 투자를 해야 이 자본주의 사회 안에서 살아남을 수 있다.

대신 오해는 하지 말자. 투자라는 게 무슨 비트코인이라든가 단타 주식투자라든가 이런 게 아니라 진정 제대로 된 투자를 말하는 것이다. 그게 바로 자본주의에서 가정이 살아남는 길이다.

그저 저축만을 주장하는 남편 또는 와이프가 있다면 정말 무식한 사람이고, 가정 경제를 망쳐먹는 장본인인 것이다.

제발 자본주의 또는 돈, 아니면 재테크에 대한 책을 많이 읽자. 또한 배우자와 함께 돈이나 재테크에 대한 강의를 많이 보러 다니라. 그렇게 많이 강의를 듣고 재테크에 대한 근육을 튼튼히 해서 행동으로 옮겨야만 당신의 가정이 이 무서운 자본주의 사회에서 살아남을 수 있는 것이다.

부부관계는 그저 사랑과 섹스로만 살아남는 게 아니다. 그 외에 더 중요한 게 바로 경제적인 여유 아니겠는가? 경제적으로 부유해야 사랑이라는 것도 존재하는 것이지, 매일 돈 때문에 스트레스를 받고 자주 다투는데 무슨 사랑이 싹트고, 무슨 섹스가 하고 싶겠는가?

다시 말하지만 저축만을 요구하는 배우자는 미워하자. 아주 많이 미워하자.

처음 시작할 땐
모든 것을 중고로 사자

＼

나에게 결혼 전에 상담을 오는 예비부부들에게 하는 말 중 하나가 "결혼을 할 때 혼수품은 무조건 중고로 사라"는 것이다. 이런 말을 듣는 예비부부들이 다들 놀라더라. 하긴 그럴 것이다. 결혼을 하는데 가전제품이나 가구를 모두 중고로 사라는 말을 들으면 이게 도대체 무슨 말인가 싶을 것이다.

결혼을 하게 되면 모든 것을 새것으로 시작하고 싶을 것이다. 게다가 인생에 처음 있는 일일 테니 모든 것을 비싼 것으로 사고 싶은 마음도 들 것이다.

그런데 이게 옳은 것일까? 정말?

한번 생각해보자. 새것으로 사 봤자 새 맛을 느끼는 시간은 고작 2~3개월 정도다. 2~3개월이 지나면 모든 것은 헌것이 되고야 만다. 또한 가전제품은 1년만 지나도 거의 가격이 반으로 떨어진다.

물론 어떻게 모든 물건을 이런 개념으로 생각할 수 있느냐고 하면서 나의 말에 반박하는 사람들도 많을 것이다. 그런데 더욱 문제는 결혼을 한 뒤 아이가 생기고 나면 집 안의 모든 물건은 아이의 장난감이 되고 만다. 가구에 색칠을 하고, 이 물건 저 물건 만지면서 흠집을 내고, 고장을 낸다.

그렇다고 당신의 소중한 아이를 때릴 수도 없는 상황일 테고….

모든 물건은 아이가 태어나면 완전히 중고 중 상중고가 되고 만다. 그렇다면 꼭 결혼할 때 그렇게 새 제품과 아주 비싼 제품으로 도배를 해야 할까?

처음에는 중고로 사자. 처음에는 그래도 된다. 그렇게 중고로 사서 생활을 하다 보면 그다음에는 물건을 사는 노하우도 생긴다. 그리고 시간이 지나고, 아이도 어느 정도 컸다고 생각될 때 그때 제대로 된 물건을 사자.

내가 살아보니 이게 맞다 싶다. 새것으로 사면 천만 원 들 것이 중고로 사면 300만 원 정도밖에 안 드는 게 현실이다. 이 얼마나 좋은 일인가? 게다가 중고라고 하지만 새것과 별반 차이도 없는데 말이다.

결혼 선배의 조언이니 한번 잘 생각해보기 바란다.

이혼을 왜 두려워하는가?

＼

결혼생활이 지옥 같다고 하는 부부가 의외로 많다. 그 지옥 같은 결혼생활을 끝내고 싶지만 아이가 있어 그냥 유지하는 것이라고 한다. 아이 때문에 보기 싫은 남편과 산단다. 남편 꼴도 보기 싫고 진절머리가 난다고 하는 와이프도 있다. 그런데도 그냥 산단다. 사랑도 없고 정도 없는데 그냥 아이 때문에 살아야 한단다. 또한 남편과 헤어지게 되면 자기가 경제적으로 살아갈 자신이 없어 그냥 결혼생활을 유지해야 한다는 와이프도 있다.

아하! 그런 것인가?

자기 인생은 아무 상관없이 그저 자식을 위해서 그리고 혼자서 살아갈 자신이 없어서 그렇게 모든 것을 포기하고 부부생활을 유지하고, 이혼을 할 수 없는 것인가? 정말 그게 옳은 것일까?

난 한 사람 한 사람의 인생이 정말 존엄하다고 생각한다. 당신의 인생이 얼마나 중요하고 소중한가? 그런데 결혼생활이 너무나도 힘들고 스트레스가 많은데도 아이 때문에 계속 결혼생활을 유지해야 한다고? 당신이 경제적으로 살아갈 능력이 없어서 이혼이 두렵다고?

에이! 그건 아니다.

난 강의를 할 때나 사적인 자리에서 자녀들이 싸움이 잦은 부부 밑에서 자라는 것보다는 오히려 이혼을 한 부모 밑에서 자랄 때 훨씬 제대로 커나간다는 말을 자주 했다. 맞다. 매일 부모가 다투는 모습을 봐온 자녀는 나중에 잘못될 확률이 아주 크다. 나도 학창 시절 부모님이 매일매일 끊임없이 싸우는 모습을 보며 자라났다. 그러면서 정말 탈선하고 싶은 마음이 아주 컸다. 나와 내 동생이 요즘 만나서 나누는 이야기 중 하나가 "우리가 부모님 밑에서 탈선하지 않고 지금 이렇게 살아가고 있는 건 정말 기적 중에 기적"이라는 것이다.

오히려 부모가 이혼을 하고 제대로 살아가는 가정에서 자라는 자녀가 잘 성장한다. 그렇게 살아가는 아버지 또는 어머니가 애처롭고 불쌍해 보이기 때문에 더욱더 자기 자신이 잘 커야 한다는 생각이 강할 수 있다. 그러니 아이 때문에 이혼을 하지 못한다는 말은 지극히 핑계에 불과하다.

또한 경제적으로 능력이 안 되어서 이혼을 하기가 두렵다고?

대한민국이라는 세상에 널리고 널린 게 바로 일자리다. 요즘은 최저임금도 올라서 어떤 일을 하더라도 일정 수준 이상의 월급을 받기 마련이다. 그 수많은 일자리를 지금 외국인들이 차지하고 있지 않은가? 한국인은 좀 어렵다 싶은 일은 절대로 하지 않는다고 사업주들이 불만이 많더라. 직원을 채용하려 해도, 아무리 월급을 많이 준다고 해도 한국인들은 오지도 않는다더라.

경제적으로 능력이 안 되어서 두렵다고 말하는 사람은 솔직히 고생하고 싶지 않다는 말이고, 일을 하고 싶지 않다는 말이다. 그냥 남편이 벌어오는 월급 가지고 편하게 살고 싶다는 말 아니겠는가? 그러면서 왜 결혼생활에 불만을 가지는가? 이혼할 용기도 없으면서.

이혼하고 싶으면 그냥 이혼하자. 남편이랑 사는 게 지긋지긋하다고 생각해왔다면 부디 이혼하자. 그리고 당신 자신만의 멋진 삶을 살아가자. 당신 자신의 멋진 자유를 느끼며 살자.

뭐가 그리도 두려운가? 당신의 멋진 삶을 만들어갈 수 있는데….

지옥과 같은 부부생활에 종지부를 찍고 이혼한다고 생각하면 얼마나 행복한가? 이제 드디어 당신만의 소중한 삶을 살 수 있는데….

그동안의 핍박과 억압의 생활을 마치고 드디어 진정한 자유의 삶을 살 수 있는데 얼마나 행복한가?

부디 이혼을 두려워하지 말자.

그리고 과감히 이혼을 한 다음 당신의 멋진 삶을 자녀에게 보여주자.

와이프를 데리고
백화점에 가서 옷 세 벌을…

결혼생활을 시작하고 아이를 낳고 키우다 보면 경제적으로 아끼면서 살 수밖에 없을 것이다. 갖고 싶은 것을 무엇이든 다 살 수 있는 것도 아니요, 그렇다고 낭비를 하면서 결혼생활을 할 수 있는 것도 아닐 테니까.

아이 학원도 보내야 하고, 부모님 용돈도 드려야 하고, 이 외에도 필수적으로 들어가야 할 돈이 오죽이나 많겠는가? 하지만 난 남편으로서 결혼해서 아이를 키우기 시작하는 그때 남편이 와이프를 백화점에 데리고 가서 옷을 세 벌 정도 사 주는 게 좋다고 생각한다.

아이를 낳는 것도 얼마나 힘들었겠는가? 그런데 그 이후 다시 힘든 육아를 해야 하지 않는가? 남편이야 직장에 출근하면 회사일에 정신이 없겠지만, 와이프는 그 힘든 육아를 혼자 감당해야 하니 얼마나 큰 고통과 스트레스를 받겠는가? 혼자서 많이 울기도 할 것이고, 한숨도 많이 쉴 것이다.

이런 와이프에게 남편이 해줄 수 있는 게 물론 여러 가지가 있겠지만, 내가 볼 때 와이프는 그래도 남들이 볼 때 멋있게 보이는 옷 세 벌 정도를 남편이 선물해주면 참 기분이 좋을 거 같다.

나도 결혼이란 것을 3번이나 해본 사람인지라 와이프가 어떤 것을 가장 좋아하는가를 남보다 많이 보게 되었는데, 그중 가장 확률이 큰 것이 고급스러운 옷이었다. 남편이야 간단하게 캐주얼만 입고 다녀도 별 무리가 없다. 하지만 와이프는 사람들을 만나러 나가거나 모임에 나갈 때 입는 옷에 신경을 많이 쓰고, 또한 그런 옷차림으로 다른 사람들에게 인정을 받기도 하고 무시를 당하고 하지 않는가?

그러니 아이 낳아서 잘 키워주고, 계속 육아를 해야 하는 와이프에게 큰 고마움의 뜻으로 백화점에서 세 벌 정도 옷을 사 주자. 어디 할인매장이나 시장 같은 데 가지 말고 무조건 백화점에서 말이다.

그렇게 큰돈을 들여 멋진 옷을 남편이 사 주게 되면 와이프는 고마움이 클 것이다. 그리고 시간이 지나 어디 모임에 가더라도 남편이 사 준 그 멋진 옷을 입고 갈 것이고, 그 자리에서 아마 남편 자랑을 많이 하지 않을까?

돈을 많이 써서 아깝다는 생각은 자기 와이프에게는 예외여야 한다. 와이프에게 돈을 쓰는 것을 아깝다고 하면 그 사람은 도대체 얼마나 지질한 것인가? 또한 값비싼 물건을 파는 백화점이라는 곳은 와이프에게 좋은 선물을 하기 위한 곳이다. 살면서 백화점이라는 곳을 얼마나 많이 다니겠는가? 그러니 와이프를 데리고 나가 백화점에서 옷을 사 주자.

아이들을 다 키운 부부라고 하더라도 와이프에게 감사의 표시로 백화점에서 옷을 사 주자. 사는 동안 참 고맙다는 말과 함께….

와이프가 당신이 사 준 그 멋진 옷을 입고 밖에 나갈 때 그 멋지고 당당한 모습에 칭찬도 많이 해주자. 당신이 와이프에게 사 준 그 비싼 옷값보다 와이프에게서 받는 효과가 수십, 수백 배는 되지 않을까.

가자, 백화점으로!

당신의 부모와
반대로 살아야 한다

＼

당신이 결혼을 한 지 얼마 안 된 신혼부부라고 해보자.

그렇다면 이런 의지를 가져야 한다.

당신의 부모님이 가난하게 사셨는가?

그렇다면 당신은 꼭 부자가 되고 말겠다고 다짐해야 한다.

당신의 부모님이 화목하지 않았나?

그렇다면 당신은 꼭 배우자와 최고로 행복한 결혼생활을 하고야 말겠다고 다짐해야 한다.

당신의 부모님이 사기를 당한 적이 있던가?

그렇다면 당신은 사기를 당해도 흔들리지 않을 정도로 돈이 많은 부자가 되어야겠다고 다짐해야 한다.

당신의 부모님이 과거에 부부싸움을 아주 많이 했을 수도 있다. 그로 인해 당신도 부모님을 보면서 정신적인 피해와 트라우마가 있었을 것이다. 솔직히 자녀가 제대로 성장하려면 부모님이 평상시에 화목해야 한다.

결손가정의 자녀가 잘못될 것 같은가? 아니다. 절대 아니다. 오히려 부모가 같이 살면서 끊임없이 싸우는 가정의 자녀는 극히 잘못되기가 쉽다.

나도 어렸을 때 부모님이 하루가 멀다 하고 다투셔서 제발 아버지와 어머니가 이혼을 해서 각자 혼자 사시고 난 어디 도망가서 따로 살고 싶었다. 워낙 두 분이 끊임없이 싸우셔서 집 안 분위기가 거의 매일 초상집 분위기였고, 난 그런 모습을 보고 싶지 않았다. 난 그때 나중에 어른이 되면 부모님을 절대 보지 않고 살겠다고 다짐했다. 그 정도로 부모님은 자주 싸우셨고, 자식으로서 나의 정신적 상처는 무척이나 컸다.

또한 부모님이 사이는 좋으셨지만 항상 가난해서 돈을 맘대로 한 번도 써본 적 없는 가정에서 자란 당신도 있을 것이다. 단 돈 천 원도 항상 아껴 써야 했던 당신의 부모님의 모습! 당신이 그런 부모님의 모습을 보면서 돈 때문에 비굴하게 살아야 한다는 것에 얼마나 마음 아파했겠는가?

그러면 당신은 부모님과 반대로 살아야 한다. 부모님과는 달리 경제적으로 여유로운 삶을 살아야 한다. 그리고 당신의 와이프, 자녀에게도 그 여유로움의 혜택이 전달될 수 있게 해야 한다. 그러려면 당신은 어떻게 해야 하겠는가?

남들보다 더 빨리 성공하기 위해 죽도록 노력해야 한다. 사지육신 멀쩡한 당신은 남들이 잠잘 시간에도 뭔가 도전을 해야 하고, 남들이 쉬는 시간에도 뭔가 더 열심히 노력해서 그 결과를 만들어 당신의 몸값을 올려야 한다. 그래야 당신이 부모님과 반대로 살 수가 있는 것이다.

남들이 놀 때 같이 놀고 남들이 잘 때 같이 자게 되면 당신의 가정에 닥칠 가난과 현실에 대한 종속에서 벗어날 수 없다.

그래서 난 결혼이라는 것은 정말로 잘해야 한다고 생각한다. 당신이 그동안 살아오면서 부모님의 안 좋은 모습을 따라 하지 않기 위해서라도 정말 배우자를 잘 만나고, 잘 선택해야 한다. 당신이 부모님과 반대로 살고 싶다는 의지에 적극적으로 따라주는 배우자를 만나야 한다는 것이다.

또한 부모님이 당신에게 보여줬던 모습 중 따라 하지 말아야 할 모습은 절대 하나라도 해서는 안 된다. 당신도 부모님의 그런 모습을 보고 상처를 받기도 했으니 당신의 가정에는 절대로 그런 모습을 보여서는 안 된다.

당신은 당신의 소중한 가정에 행복을 만드는 천사 같은 사람이 되어야 한다.

당신의 자녀가 당신을 똑같이 배운다

당신은 당신의 자녀가 당신처럼 살기를 바라는가?

예를 하나 들어보자.

나도 부부싸움을 하게 되면 예전에 나의 아버지가 어머니에게 했던 행동이나 말이 부지불식간에 그대로 튀어나오는 것을 보고 깜짝 놀랐다. 어떻게 내가 이럴 수가 있을까? 아버지의 그런 면들이 나에게 완전히 전파가 된 것이다. 나는 부모님이 다투실 때 아버지가 어머니에게 했던 행동을 보면서 '나는 나중에 결혼을 하면 절대 저런 잘못된 모습은 보이지 말아야지' 하고 끊임없이 다짐을 했다. 그런데 내게서 그런 모습이 스스럼없이 나오는 것에 대해 정말 많이 당혹스러웠던 게 사실이다.

당신의 부부 사이가 좋지 않다면? 당신의 자녀도 그렇게 되기가 쉽다.

당신의 부부 사이가 좋다면? 당신의 자녀도 또한 그렇게 되기가 아주 쉽다.

당신의 자녀는 당신의 모습을 보고 매일매일 닮아가고 있다. 가정생활에서 당신의 일거수일투족이 자녀에게 그대로 전파되기가 아주 쉽다.

정말로 당신과 배우자 사이가 아주 오랜 시간 동안 좋지 않다면 하루라도 빨리 이혼해야 한다. 만약 당신이 이혼하지 않는다면 당신과 배우자 간의 그 오랜 불화를 자녀가 자연적으로 배우게 된다. 그럼으로써 나중에 자녀가 결혼하고 나서 당신과 와이프의 그 좋지 않은 모습을 그대로 따라 하게 된다. 당신이 보이지 말아야 할 그 모습을 그대로 답습하게 된다는 말이다.

그러니 절대로 자녀에게 당신과 와이프, 즉 부모의 불화 모습을 보여주면 안 된다. 불화의 모습을 보여줄 바에야 하루라도 빨리 이혼해서 각자 잘 살아가는 모습을 보여줘야 한다. 자녀도 매일 싸우고 다투고 하는 부모의 모습을 보는 게 아니라 혼자서도 잘 살아가는 부모의 모습을 봐야 자기 자신의 존엄성을 가질 수 있는 것이다.

난 앞에서 말했던 작은 이모의 가정을 보면서 참 많은 것을 배운다. 작은 이모의 가정은 항상 여유롭고 화목하다. 그러다 보니 자녀들, 즉 나의 사촌 동생들도 가정에서 보고 배워서인지 언제나 착하고 선하고 여유롭고 심성이 따뜻하다. 또한 그들의 결혼생활도 아주 평온하고 아름답다.

분명히 부모의 모습을 보고 배웠기 때문일 것이다. 이모부와 이모의 관계가 항상 그렇게 부드럽고 재미있게 살다보니 이 아이들에게 자연스럽게 체득되었으리라.

맞다. 부모라는 것은 그렇다.

만약 부부관계가 좋다면 그 좋은 관계를 자녀들이 그대로 습득을 할 확률이 크다. 그러면서 보고 배우고, 그것을 자녀들이 결혼을 한 이후 다시 또 그 모습으로 부부생활을 살게 된다.

그런데 당신의 부부관계가 좋지 않고, 매일 다투고, 소리를 지르고 하게 된다면 자녀도 당연히 그런 모습을 따라갈 수밖에 없다. 그러면서 자녀의 결혼생활도 힘들어지게 되지 않을까 싶다. 다시 말하지만 당신의 자녀는 당신 부부의 모습을 보고 그대로 따라할 확률이 아주 크다는 점을 알았으면 한다.

부모로서 화목하게 잘 사는 자세를 갖출 자신이 있다면 그렇게 살자. 그게 최고다. 하지만 매일 싸우고 소리 지르고 할 수밖에 없다면 부디 하루라도 빨리 이혼하자. 당신의 소중한 자녀의 미래를 위해서 말이다.

뭔가를 사려면 최고로 사라

＼

결혼생활을 시작할 때 혼수제품이라든가 다른 물건을 처음 살 때는 중고제품을 사라고 난 앞에서 주장했다. 하지만 부부가 가정생활을 이루고 어느 정도 시간이 지나면 가정생활에 필요한 물품들을 다시 사게 된다. 그런데 대부분은 뭔가를 살 때 더 저렴한 것을 사려고 하는 면이 강하다. 가성비를 따지고 더 저렴한 물건으로 자기 만족감을 채우려 한다.

하지만 그게 정말 올바른 방법일까? 내가 지금까지 생활을 해온 바로는 저렴한 물건을 사면 후회도 많더라는 것이다. 물건을 살 때는 아주 초고가는 아니더라도 최고 품질의 것, 그리고 절대로 저렴하지 않은 것을 사야 한다. 아이들도 어느 정도 컸고 집도 마련했다면 당연히 이렇게 해야 한다. 그래야 나중에 후회가 없다.

지극히 저렴한 물건을 사게 되면 나중에 그 물건에 대한 후회를 가지게 되어 다시 그 물건보다 더 나은 물건을 알아보게 되고, 결국에는 더 비싸고 품질이 우수한 물건을 사게 된다. 그러면 그건 낭비다. 처음에 살 때 좋은 물건을 샀다면 이렇게 두 번 살 필요는 없지 않았겠는가?

가정생활에 필요한 가구나 전자제품들도 마찬가지다. 침대를 살 때 그저 저렴한 것을 사게 되면 시간이 얼마 지나지 않아 다시 비싸고 좋은 침대를 또 사게 된다. TV를 사도 마찬가지고, 냉장고를 사게 되어도 마찬가지다. 너무 저렴한 것을 좋아하게 되면 그것은 다시 낭비를 낳게 된다.

부디 저렴한 물건을 사지 말자.

물론 처음 부부생활을 시작할 때는 최고의 물건을 살 게 아니라 중고 물품을 샀으면 한다. 아이들이 얼마 정도 크기 전까지는 말이다.

천생연분 같은 사랑이라는 게 있을 거 같은가?

＼

당신은 천생연분 같은 사랑이 존재할 거라고 생각하는가? 어떤 사람은 사랑에 눈이 멀어 상대방만이 자기 인생의 운명적인 사랑이라고 자부하는 사람도 있다. 하지만 난 이런 천생연분 같은 사랑이라는 게 존재하지 않는다고 믿는다. 솔직히 난 예전에 한눈에 반해서 평생 행복한 결혼생활을 하게 되는, 영화에서 많이 보는 그런 천생연분의 사랑, 운명 같은 사랑이 존재한다고 생각했었던 게 사실이다.

부끄러운 이야기이지만, 나는 결혼을 3번이나 해본 사람이다. 그 중에는 천생연분이라고 생각하고 결혼을 한 적도 있고, 첫 번째 와이프와 이혼을 하고서는 아버지의 소개를 받아 두 번째 와이프를 만나 그 사람과는 정말 천생연분일 것이라고 생각도 했다. 하지만 결국 오래 지나지 않아 다시 또 이혼을 하게 되더라.

난 결혼을 할 때마나 이번에는 분명히 천생연분일 거라고 생각했고, 당연히 그때의 그 와이프와 평생을 행복하게 살 줄로만 알았다. 하지만 시간이 지나면서 내가 생각했던 그 열렬한 운명 같은 사랑, 천생연분의 사랑이라는 존재는 점점 사그라지더라.

첫 번째 결혼은 깊은 고민 없이 그저 성적인 쾌감이 컸을 수도 있었고, 이미 사귀었는데 그냥 결혼을 하자는 생각도 있었다. 결혼을 하기 전에는 어떻게 해서든 상대방에게 멋진 모습을 보여줘서 호감을 사려고 노력했고, 그 멋진 모습을 통해 상대방에게 성적인 어필을 하고 싶었던 것도 사실이다.

하지만 그런 성적인 쾌감이 다 이루어지고 나서부터는 운명 같은 사랑, 천생연분의 사랑이라는 감정은 그리 오래가지 않더라.

요즘 우리나라도 이혼율이 상당히 높다고 한다. 그렇게 이혼을 하게 되는 수많은 부부도 처음에는 대부분 둘 사이가 천생연분의 사랑이라고 믿지 않았을까? 둘 사이가 애당초 좋지도 않은데 결혼을 했을 가능성은 적고, 이 사람만이 내 천생연분의 사랑이라고 철석같이 믿었을 것이다.

하지만 결혼을 하고 나서 언제부터인가 서로 천생연분이라고 생각했던 그 부부 간에 갈등이 시작되고, 그 갈등의 골이 깊어지고 더 깊어진 끝에 이혼을 결정하였을 것이다.

천생연분의 사랑이라면 운명을 걸 만큼 평생 행복하고 그 둘의 사랑이 평생 동안 유지되어야 하는 거 아니겠는가? 하지만 내가 많은 결혼 경험을 통해 알게 된 것은 천생연분의 사랑은 없다는 것이다. 몇 달간 또는 길어 봐야 1~2년 정도 지나면, 서로 성적인 관계를 충분히 맺고 나서부터는 강렬하고 짜릿한 운명적이고 천생연분 같은 사랑이라는 존재는 어디론가 사라지고 서로가 서로에게 맞춰가야 하는 그런 사랑이 시작되는 것 같다.

결혼 전에 사귈 때는 서로 그저 좋은 면만 보이고 갈등이라는 게 얼마나 있겠는가? 하지만 서로 결혼을 하고 나서 부부생활을 하다 보면 볼 거 안 볼 거 다 보게 되고, 상대방에 대한 모든 것을 다 알게 되고, 단점도 다 보이게 되고, 서로 갈등도 당연히 생긴다. 그렇기 때문에 부부가 서로를 이해하고 인정을 해야 하는데, 둘이 살면서 상대방을 이해하기보다는 자기 의견만을 주장하고 상대방에게 양보 같은 것을 하지 않는다면 그들이 말하는 운명 같은 사랑은 결국 깨지게 되어 있는 것이다.

수십 년 동안 행복하게 살았다는 부부를 본다면 그들은 운명 같은 사랑으로 살아온 게 아니라 서로가 서로를 잘 맞춰주고 이해해주었기 때문이 아닐까?

부끄러운 이야기이지만, 나는 지금의 사회에 맞지 않게 가부장적인 성격을 다분히 가진 사람으로서 와이프가 먼저 나 같은 성격의 남편을 이해하고 헤아려줘야 한다고 생각한다. 그래야 나 같은 성격을 가진 남편이 기氣가 살고 사회생활을 해 나갈 힘을 받을 수 있다고 생각한다. 어쩌면 지극히 무식한 남편이다.

그저 남편 하는 일에 사랑이라는 변명으로 와이프가 언제나 간섭하고 사사건건 짜증과 화를 낸다면 그 부부 사이는 절대 평화로울 수 없다고 난 생각한다. 물론 당연히 남편도 와이프가 하는 일에 간섭해서는 안 된다. 항상 와이프가 하는 일을 존중해주고 이해해주려 노력해야 한다.

또한 운명적인 사랑이 오래 지속되려면 절대적으로 와이프는 언제나 쾌활해야 하고, 남편은 그런 와이프를 매일매일 받들어줘야 한다. 그래야 남편은 이런 와이프를 얻은 게 세상에서 가장 큰 복이라고 느끼게 된다. 그러면서 남편도 자기를 받들어주는 와이프에게 최선을 다하게 되는 것이요, 와이프에게 더 큰 행복을 주기 위해서 노력하고 고민한다.

운명 같은 사랑이란 사실 눈꺼풀에 뭐가 씌었을 때에나 존재하는 것이다. 부부생활을 시작하고 나서는 하늘이 주신 운명 같은 사랑, 천생연분 같은 사랑이 아니라 서로가 서로를 아껴주며 잘 맞춰가는 그런 모습 속에서 바로 진정 운명 같은 사랑을 만드는 것 같다.

처음 만나 사귀면서 느낄 수 있는 그 짜릿한 전율을 계속 느끼며 살아가는 그런 부부생활? 그런 천생연분과 같은 부부생활? 평생토록 그런 사랑은 존재할 수가 없다.

서로 떠날 때는 조용히 축하해주자

＼

요즘은 이혼을 하는 부부들이 많다. 나도 예전에 이혼을 해봤다. 어떤 이유에서든 이혼을 한다는 것은 당연히 좋은 경험일 수만은 없다. 그런데 그런 이혼의 과정을 겪다 보면 서로에게 인간적으로 보여주지 말아야 할 모습을 정말 많이 보이게 된다. 사람이 살아가면서 절대 보지 말아야 할 인간 이하의 모습들을 보여주게 되고, 서로 심한 욕설을 하게 되고, 이혼소송 같은 일도 겪게 되면서 서로 간에 마음의 상처를 얼마나 많이 받게 되는지는 이혼을 해본 사람이거나 진행 중인 사람들은 다들 잘 알 것이다.

글쎄! 굳이 이렇게까지 해야 하는 것일까?

서로 마음에 맞지 않아서 헤어지면 그냥 헤어지면 되는 거 아닌가?

당신 인생의 행복이 중요한 거 아닐까?

소중한 당신의 인생, 하나밖에 없는 당신의 인생이 누군가에게 상처를 받거나 정신적인 피해를 보는 것은 정말 아니지 않나?

배우자가 바람을 피워서 그게 용서가 안 되고 마음의 상처가 커서 치유가 안 된다면, 그래서 이혼을 해야 한다면 그냥 쿨하게 헤어지자. 배우자가 다른 남자, 다른 여자가 좋다고 하는데 그런 사람 붙들고 같이 살아달라고 애걸할 필요 있겠는가? 그냥 잘 살라고 말하고 깔끔하게 헤어지면 되는 거 아닌가?

자녀들 때문에 이혼을 못하겠다고? 글쎄, 당신이 자녀를 얼마나 사랑하는지는 내가 잘 모르겠다. 하지만 당신이 살고 싶지 않은 사람과 살아야 하는 그 고통이 자녀들에게 보이는 부모의 모습보다도 더 중요하지 않다면 그렇게 하자. 하지만 난 당신의 인생이 훨씬 더 중요할 것 같은데….

자녀들도 당신이 당당하게 자기 인생을 살아가는 모습을 보면서 보고 배우는 게 많지, 굳이 좋지도 않은 부부 사이를 이어가는 모습을 보면서 뭘 얼마나 배우겠는가? 가정 안에서 항상 싸우고 어두운 부모의 모습에서 한창 자라나는 자녀들이 탈선을 많이 하고 제대로 성장하지 못하는 것이지, 부모가 이혼해서 각기 잘 살아가는 가정에서는 자녀들도 잘 자라게 된다.

요즘은 또한 이혼을 해본 사람들도 아주 많다. 물론 자녀가 있는데도 말이다. 난 요즘 자녀들 중에 부모가 이혼을 했다고 해서 탈선하거나 비관하는 경우는 그리 많지 않다고 생각한다. 자녀들도 부모가 따로따로 행복하게 살기를 바라는 경우가 많지 가정에서 부부싸움을 자주 하는 모습이나 부부끼리 서로 말도 없이 살아가는 모습을 보면서 살고 싶지는 않을 것이다.

남편이 당신이 싫어서 떠나고 싶다고 하면 그냥 잘 가라고 하고 깔끔하게 정리하자. 와이프가 당신이 싫어서 떠나고 싶다고 하거나 다른 남자가 더 좋아져서 떠나고 싶다고 하면 잘 가라고 인사해 주자.

그리고 헤어진 이후에는 그냥 친구처럼 지내면 된다. 안 될 게 뭐가 있는가? 외국의 경우 그런 부부들도 많고 그런 연예인도 많더라. 굳이 그 사람을 욕하고 비난해 봐야 당신 얼굴에 침 뱉는 꼴밖에 안 된다. 그러니 그냥 마음 활짝 열고 보내줄 사람은 보내주자. 배우자에 대한 스트레스 없이 마음 편히 행복하게 사는 게 중요하지 힘든 일 하고 사는 것은 불행이 아니다.

또한 이혼을 할 때 재산분할 때문에 골치 아파하며 서로 더 주네, 못 주네 하면서 소송까지 가는 부부가 아주 많다. 내가 볼 때 재산분할소송까지 간다고 해도 남는 건 마음의 상처밖에 없다. 그래도 한때는 서로 좋아서 결혼까지 했던 사이인데 그냥 깔끔하게 5 대 5로 정리하면 되는 거 아닌가?

남편이 돈을 더 많이 벌어서 더 가져가야 한다고? 와이프가 주부여서 돈을 벌어온 게 없다고? 그래서 와이프의 몫을 줄여야 한다고?

에이! 뭘 그러나! 사랑해서 결혼생활까지 했던 사이에 그냥 서로 5 대 5로 나누자. 이렇게 화끈하게 결정하면 두 사람이 더 싸울 일도 없지 않은가?

내가 볼 때 재산분할소송을 하게 되면 좋아하는 사람은 변호사들밖에 없다. 어쩌면 이혼전문 변호사들이 이렇게 부부의 재산분할소송을 유도하는 것 같기도 하다. 그래야 그들이 돈을 벌어들일 수 있으니 말이다.

존경심은 돈보다
훨씬 더 중요하다

＼

자본주의 사회에서 살아가는 남편이라면 분명 돈을 많이 버는 능력이 중요하다. 가족의 경제적 안정을 위해 돈을 많이 번다는 게 얼마나 중요하겠는가? 와이프도 마찬가지다. 와이프들 중에도 요즘에는 경제적 능력이 뛰어난 사람이 의외로 많다.

그런데 부부생활을 함에 있어 돈 버는 능력, 즉 경제적 능력보다 더 중요한 건 서로에 대한 존경심이 아닐까? 실제로 부부라는 게 처음에는 사랑으로 시작하겠지만 결혼한 지 3~4년 정도 지나면 그 사랑이라는 것으로 사는 게 아니라 상대방에 대한 지극한 정情과 존경심으로 살아가게 되는 것이다.

남편에 대한 존경심이 없는데 남편이 아무리 돈을 잘 벌어온들 그게 무슨 의미가 있을 것인가? 와이프가 아무리 살림을 잘하고 돈 관리를 잘한다 해도 남편에게 존경을 받지 못한다면 무슨 기쁨이 있겠는가?

난 좋은 부부생활을 유지하는 데 가장 필요한 요소들 중 진정 중요한 것은 바로 서로에 대한 존경심이라고 생각한다. 남편은 와이프를 존경해야 한다. 여자로서 아이를 키우고, 살림을 하고, 직장도 다니고 하는 모든 것에 대해서 남편으로서 존중을 해줘야 한다. '많이 힘들겠구나. 많이 지치겠구나' 하는 생각을 자주 해줘야 한다.

왜냐고? 당신의 소중한 와이프니까. 와이프가 어떤 일을 할 때 존경하는 마음으로 도와주기도 하고 와이프가 힘들어할 때도 그 존경심이 바탕이 되어 위로해주어야 한다.

그런데 만약 당신에게 와이프에 대한 존경심이 없으면?

예를 하나 들어보자. 육아의 경우 남편보다는 와이프가 정말 힘들다. 와이프는 직장 생활을 마치고 바로 집으로 와서 아이를 어린이집에서 데려와야 하고, 하굣길에 아이도 챙겨야 하고, 그 모든 뒤처리를 다해야 한다. 아침에는 또 분유 먹이고, 학교 보내고, 빨래 널고, 음식 만들고…. 솔직히 매일매일 오죽 힘들겠는가?

그런데 남편은 회사 일로 야근을 해야 하고, 어떨 땐 회식도 해야 한다. 그런 몸으로 들어오게 되면 누가 가장 스트레스를 받겠는가? 당연히 와이프다. 그러니 와이프가 힘들다는 것을 존경심을 가지고 이해해주고, 미안한 마음을 가지고 대우해주어야 한다. 그런데 대부분의 남편은? 아마 그러지 않을걸?

그렇게 밤늦게 일하고 퇴근하는 게 힘들고, 억지로 회식하는 게 힘드니 제발 남편인 자기도 이해해달라고 말할 것이다. 하지만 그것은 변명이다. 정말 힘든 건 아이를 키우는 와이프다. 그런 그 와이프를 존경해줘야 한다.

나도 남자지만, 누가 나에게 아이를 키우라고 했다면 아마 정말로 싫어했을 것이다. 아이를 키운다는 게 얼마나 힘든 일인지는 다들 잘 알 것이다. 그런데 누가 육아만큼이나 회사일도 힘들다고 주장한다면? 에이, 그것은 아니다. 인정할 것은 인정하자. 와이프가 아이를 키우는 일은 존경받을 만하다.

그리고 남편? 남편도 회사에서 힘든 일을 정말 많이 하지 않는가? 그렇게 어렵게 일하고 월급을 받아서 가정을 유지하는 가장 아닌가? 그러면 그 점에 대해서는 와이프가 존중해주자. 그러한 남편을 존경해주자.

당신의 남편이 회사를 잘 다녀줘서 고맙고, 매달 월급을 받아서 이렇게 가정생활을 유지할 수 있는 게 고맙고, 주말에 가정에서 당신과 함께 있어줘서 고맙고, 어디 아프지 않아서 고맙고…. 이런 생각을 항상 해야 하지 않을까?

어리석은 배우자,
여자친구로부터 탈출하자

자본주의 사회 속에서 당신의 삶은 당신 혼자만의 삶이 아니다. 회사에 종속되어 있고, 사회생활에 종속되어 있고, 또한 배우자와 자녀에게 종속되어 있다.

하지만 난 우리가 살고 있는 이 자본주의 사회에서는 아무리 어디에 종속되어 있다고 해도 당신이나 나나 모두 부자가 되려고 노력해야 한다고 생각한다. 공산주의 국가에서 사는 게 아니라면, 즉 자본주의 국가에서 살아간다면 그래도 경제적으로 윤택한 삶을 살아가야 하지 않을까? 당신도 그렇게 생각한다면 내가 볼 땐 당신은 배우자감으로 당신과 그런 생각이 잘 맞는 사람을 만나야 하고, 또한 이미 배우자와 같이 살고 있다면 배우자와 이런 생각이 잘 맞아야 한다.

만약 당신의 배우자가 그저 안정된 삶을 원한다면 그건 평생 부자로 살기 힘들다는 말과 같다. 자본주의 하에서 당신이 부자로 살고 싶다면 처음에는 안정된 삶에 안주하지 말고 미친 듯이 투자도 해보고 도전도 해보고 실패의 경험도 맛봐야 한다. 그래야 자본주의 하에서 당신의 가정이 성공할 확률이 높아진다.

꼬박꼬박 월급봉투만을 원하는 배우자는 혼내서라도 바꿔라. 월급봉투를 받아서 생활비를 제외한 일정 금액을 모아서라도 그 돈을 열심히 부동산에 투자하든 다른 것에 투자해서라도 돈이라는 것에 대해 알아야 한다.

못난 배우자는 높은 월급에만 만족하고 살 줄 알지 무슨 부동산에 투자를 한다고 하면 난리, 난리, 또 난리가 난다. 못난이도 이런 못난이가 없다. 세상이 어떻게 돌아가는지도 모르는 이런 바보들.

이런 배우자에게서 벗어나라. 당신이 부동산 투자를 하자고 주장하는데도 남편이 끝까지 반대한다면 당신은 이혼할 각오를 하고 미친 듯이 부동산에 투자해라. 만약 당신의 와이프가 반대하면? 그냥 무시하고 투자해라. 이러한 와이프의 말을 듣고 살면 당신은 평생 바보로 사는 것이다.

노후에는 연금이 최고라고 하는 배우자가 있으면 그냥 아무 말 하지 말고 당신 혼자 열심히 부동산에 투자해라. 이런 배우자는 아무리 말을 해도 잘 통하지 않는다.

와이프가 당신에게 꼬박꼬박 일찍 퇴근하라고 윽박지르면 그런 말은 무시하라. 사회생활의 성공은 집에서 이루어지는 게 아니다. 사회생활을 하나 보면 별의별 일이 얼마나 많은가?

성공하기 위해서는 그런 많은 일을 경험하고 사람관계에서 별의 별 경험을 다 겪어봐야 한다. 그래야 큰사람이 되는 거지 남편에게 퇴근하면 곧장 귀가하라고 하면 그게 좋을 거 같은가? 퇴근 후에 학원을 다닐 수도 있고, 다른 성공한 사람을 만나 이야기를 나눌 수도 있고, 취미생활도 할 수 있어야 한다.

당신 남편, 당신 와이프가 무슨 동물원 원숭이인가? 당신은 퇴근하면 그냥 무조건 집에만 가지 말고 놀고 싶으면 열심히 놀든지, 학원을 가고 싶으면 열심히 가든지, 어디 가서 노래를 배우거나 춤을 배우든지, 바리스타가 되는 방법을 배우든지 삶의 활력소가 되는 무슨 노력이든 해라.

배우자의 눈치나 보면서 집에 빨리 들어가는 원숭이처럼 살지 말자. 배우자가 꼬박꼬박 가져다주는 월급봉투에만 만족하는 그런 모습에서 탈출하자. 당신은 보통 사람처럼 살아야 하는 게 아니라 특이해야 하고 특별해져야 한다. 그런 결과로 당신은 성공을 해야 하고 부자가 되어야 한다.

어쩌면 세상이 그런 당신을 요구하고 있다고 생각되지 않는가?

부부 중 한쪽에서
반대가 심하면?

나의 지인들 중 몇몇 가정은 와이프가 재테크하는 것을 남편이 적극적으로 반대한다거나 와이프가 절대적으로 반대한다고 말한다. 그러면서 나에게 물어본다. 어떻게 하면 되겠느냐고.

나의 대답이 무엇일 거 같은가? 그냥 배우자의 의견을 무시하고 무조건 투자하라는 것이다. 혹시 남편이 나중에 와이프 혼자 부동산 투자를 했다고 해서 자기를 무시했다고 이혼하자고 할 수도 있다.

그러면 어떻게 해야 하겠는가? 그러면 이혼해라. 그런 남편 데리고 살 필요가 없다. 그런 남편은 자기 가정을 제대로 이끌어갈 능력이 없는 사람이다. 자본주의 사회에서 그런 마인드를 가지고 자기 가정을 제대로 이끌어갈 능력이 없는 사람인 것이다. 그런 남편 믿고 살 바에야 부동산 투자를 하든 다른 좋은 투자를 해서 경제적 자유를 가지고 살아라. 왜 그런 남편을 믿고 살아야 하는가?

지금이 어느 시대인데 두자를 안 하고 산단 말인가? 아니, 월급만 가지고 살겠다고? 그거 바보 아닌가? 월급이 매년 올라 봐야 얼마나 오르겠는가? 그 월급 오르는 게 예를 들어 부동산 가격 오르는 것을 따라잡을 수나 있겠는가? 그런데도 투자를 안 하겠다고? 병신 중에 상병신이다. 빨리 차버려라.

4~5년 전 어느 분은 내 강의를 듣고 미친 듯이 부동산 투자를 하고 싶다고 했다. 그런데 와이프가 노발대발하며 미친 듯이 반대해서 와이프와 소리를 지르고 부부싸움도 수없이 했다고 하더라. 하지만 이분은 무조건 투자를 하겠다고 했다. 그리고 나를 따라 투자를 했다.

시간이 지나 지금은? 이제는 이분의 와이프가 투자에 더 적극적이란다. 나를 통해서 부동산 투자를 했던 아파트를 보고 와서 오히려 와이프가 더 확신을 가지게 되었다고 한다. 만약 이 남편이 와이프의 성화에 못 이겨 그냥 포기했다면 이분들이 지금처럼 환희를 느낄 수 있을 거 같은가?

부부라고 해서 무조건 좋은 게 아니다. 남편은 가정의 미래를 책임져야 하고, 와이프는 그런 가정을 잘 이끌어 나가야 한다. 그런데 남편이 미래를 보는 눈이 없고 와이프가 까막눈이라면 이 가정이 경제적으로 여유 있게 잘 살아갈 수 있을 거 같은가?

세상에는 무식한 사람들도 있고, 멍청한 사람들도 있고, 능력 없는 사람들도 수없이 많다. 그런 사람을 당신의 배우자로 두고 있는 것도 불행인 것이다.

남편이 투자를 하는 것에 반대한다고? 그냥 남편을 무시해라. 그리고 나중에 당신이 가지게 된 부동산 또는 주식을 보여주고 나중에 당신 통장에 들어오는 현금을 보여줘라.

그런데도 당신의 남편이 그렇게 투자를 하는 것을 끝까지 이해를 못하겠다고 하고 서운하다고 하고 투자를 그만하라고 하면? 그렇다면 이혼해라. 왜 그런 못난 사람의 말 속에서 살아야 하는가? 지극히 소중한 당신이….

당신의 와이프가 반대한다고? 끝까지 설득해라. 당신의 가정은 당신만이 살릴 수 있다. 당신의 와이프가 그렇게 자본주의 세상의 까막눈이라면 당신이 계속 투자하면서 그 투자에서 나온 현금을 가지고 선물을 많이 사 줘라. 그 선물이 바로 당신이 투자한 데에서 생긴 거라고 말해라. 그리고 장인어른, 장모님에게도 선물을 해라.

이렇게 했는데도 반대를 한다고? 그럼 이혼해라. 그런 멍청한 와이프 데리고 살 바에야 당신 혼자 사는 게 백번 낫다.

바보들은 자기 세상에만 갇혀 그저 아무것도 보지를 못한다. 그런 바보들과 함께 살지 말고 당신의 자유를 맘껏 느끼며 살아라.

부모님이 돈을 달라고 할 때는 절대 드리지 마라

내가 아는 지인들 중에는 자기 부모님이 돈을 빌려달라거나 아니면 돈을 좀 달라고 하는 경우가 의외로 많더라. 결혼을 했는데도 여전히 부모님이 자기에게 돈을 빌려달라고 부탁하고, 배우자에게는 절대 말하지 말라고까지 한다고 하더라. 또한 어떤 부모님은 시시때때로 자기에게 돈을 요구해서 와이프에게는 말도 못하고 아주 난감할 정도라고 하더라. 아하! 이런 부모님이 아직도 존재하는구나!

난 이런 부모님에게는 결혼한 자녀로서 절대 돈을 드리면 안 된다고 생각한다. 물론 당신에게 돈이 홍수가 날 정도로 아주 많다면 드려도 된다. 하지만 당신이 보통 사람이라면 절대 이런 부모님에게 돈을 드리면 안 된다.

일반적인 부모라면 결혼한 자식에게 돈을 빌리는 것이 미안해서라도 그런 말을 쉽게 못한다. 자식에게 염치가 없어서도 그런 말을 쉽게 할 수 없는 것이다. 또한 자식이 결혼한 성인이 되었으니 그 가정에 피해를 주지 않기 위해서라도 자식에게 돈을 빌리거나 달라고 해서도 안 되는 것이다.

솔직히 자식에게 돈을 원하는 부모 중에 제대로 된 이유로 돈을 요구하는 경우는 거의 없다. 다 무슨 실수를 했거나 보증을 잘못 섰거나 아니면 노름을 했거나….

그럴 때 그 부모는 자식에게 의지할 게 아니라 친구나 다른 친한 지인에게 의지하든지 아니면 열심히 노동을 해서 갚든지 해야 한다. 결혼을 해서 어엿한 가정을 이루고 사는 자식에게 돈을 요구한다? 며느리가 있고 손주들도 있는데? 그거 정말 부모로서 할 행동이 아니다.

당신에게 혹시 목돈이 있다면 어느 누구에게도 빼앗기지 말고 당신 자신만의 방법으로 열심히 투자도 하고 열심히 자기 계발을 해라. 부모님이 돈을 좀 빌려달라고 계속 요구하더라도 절대로 돈을 주어서는 안 된다. 그리고 나중에 꼭 부자가 돼라. 그렇게 부자가 되어 부모님에게 물 쓰듯 돈을 드릴 수 있는 능력 있는 사람이 되자.

얼마나 부모님이 못났으면 결혼한 자식에게 손을 벌린단 말인가?

가난하게 사는 부부는…

나는 가난한 부부생활은 암보다 더 무서운 것이라 생각한다. 이런 부부들은 대부분 가난하게 살아가고 있다고는 하지만 그것이 당장 죽을 것처럼 힘들지 않기 때문에 가난의 심각성을 절실히 깨닫지 못한다. 어쩌면 가난이라는 것에 아주 익숙해져 있는 사람도 많다.

요즘은 개천에서 용이 나지 않는다고 한다. 강남에 사는 사람들의 자녀가 SKY 대학에 더 많이 진학하고, 지방에 사는 자녀들은 이제 SKY 대학에 입성하는 게 너무나도 힘들다고 한다.

이런 현상은 시간이 지날수록 더할 것이다. 부자가 다시 부자를 만들고, 부자만이 더 큰 부와 지식을 소유하는 것이다. 당신이 가난하게 살면 당신 자식도 대를 이어 가난하게 살 확률이 아주 크다는 것이다.

그렇다면 이런 가난의 고리를 당신이 끊어야 하지 않을까?

당신 자식에게 당신의 못난 가난을 물려주면 안 되지 않을까?

이놈의 가난이란 게 대부분의 부부들에게 현실적으로 심각하게 받아들여지지 않고 몸에 익숙하다 보니 절실하게 바꾸려 하지 않는 것이다. 그러면서 부지불식간에 점점 돈에 얽매이고 나중에는 평생 경제적인 고통 속에서 사는 것이다. 가난은 당신의 꿈을 빼앗아가고, 당신의 가족이 아예 꿈이라는 것을 꿀 수도 없게 만들며, 당신의 자녀의 미래도 앗아갈 정도로 중병 중에 중병이다.

당신은 무조건 외쳐야 한다. 가난에서 벗어나겠다고. 이 가난이라는 굴레는 당신 대에서 끊어버리겠다고. 그리고 존경받는 남편, 존경받는 아버지가 되겠다고.

가난에서 벗어나기 위해 무엇을 해야 하는가?

당신이 아직 30대라면, 당신의 몸값을 최대한 올리기 위해 쉼 없이 노력해야 한다. 오직 당신만을 믿고 결혼해준 당신의 와이프를 위해서 말이다. 당신의 와이프는 오직 당신의 능력만 믿고 자기 인생을 걸고 당신과 결혼한 거 아닌가? 그런데 당신이 가난한 삶에서 벗어나려는 의지와 노력이 없다면 그게 어디 와이프에게 할 짓인가? 그게 어디 당신 때문에 태어난 아이에게 할 짓인가? 그들은 죄가 없다. 오직 당신을 믿고 결혼하고, 당신 때문에 태어난 죄밖에….

당신이 40대인데 아직도 가난하게 산다고? 이건 아주 심각한 문제다. 당신은 목숨을 걸고 어떻게 해서든 부자로 살 수 있는 방법을 찾아야 한다. 40대가 아니고서야 더 이상 도전할 수 있는 시간도 없다. 사력을 다해야 한다. 그리고 무조건 당신의 가족을 부자의 반열에 올려놔야 한다. 그게 당신의 마지막 의무다.

가족이라는 이유로
더 가혹하다

가족이라는 것이 다 좋은 것일까?

핏줄이 섞였다고 다 좋은 것일까?

가족은 그저 항상 아껴주고 도와주고 해야만 하는 존재일까?

난 살아오면서 가족이라는 이유로 다른 가족에게 심한 상처를 주는 것을 워낙 많이 봐왔다. 남이라도 저렇게까지 할까 싶을 정도의 가족 관계를 많이 봐왔다. 남들보다 더 말을 함부로 하고 심한 상처를 주는 경우를 너무나도 많이 봐왔다. 그래서 가족으로 인해 심한 스트레스를 겪으며 많이 힘들어했다.

이런 가족관계를 정말 계속 유지해야 하는 것일까? 가족이라는 이유로 다른 가족에게 언어폭력을 휘두르는 사람들이 많은 게 사실 아닌가? 다른 가족에게 평생 잊지 못할 마음의 상처를 주고 사는 그런 가족들!

그런데도 이런 사람들과 계속 가족 관계를 유지해야 하는 것인가?

가족이라는 이유로 끊임없이 돈을 요구하는데도 그 관계를 유지해야 하는 것인가?

그저 피의 관계로 이어졌다는 이유로 여러분이 가족을 선택할 수 있는 권리는 아예 없는 것일까?

난 그렇게 생각하지 않는다. 정말 좋은 관계의 가족이라면 당연히 그 관계를 잘 이어나가고 서로 아껴주어야 할 것이다. 하지만 서로에게 상처를 주고 아픔을 주는 그런 사이라면 아무리 가족이라도 관계를 끊어야 한다. 그래야 서로가 잘 살아가는 것이다.

왜 그렇게 아픔과 상처를 주는데 그것을 계속 받고만 있어야 하는가? 아무리 그 사람들이 친족이네 가족이네 하더라도 당신을 심적으로 피폐하게 만든다면 이미 가족으로서 자격이 없는 것이다.

가족? 말이 가족이지 그런 사람들은 웬수나 다름없는 거 아닌가? 왜 당신은 그런 웬수를 계속 만나야 한단 말인가? 그저 예의이기 때문에 억지로라도 만나야 한다고? 그런 예의는 이제 거절하자.

또 한 가지!

여러분이 가족 때문에 스트레스를 받아왔고 지금도 그러고 있다면 내 말처럼 가족 관계를 끊고 그 이후로는 절대 그 사람들을 만나지도 말자. 그 대신 가족이라는 사람들이 당신을 봤을 때 정말 부러울 정도로 성공하자. 그 사람이 당신을 쉽게 볼 수 없을 정도로 아주 크게 성공하자. 그리고 나중에 그 가족들 앞에 크게 성공한 모습으로 다시 나타나자.

분명 그 사람들은 당신의 모습을 보고 놀랄 것이고, 아마 이후에는 돈을 빌려달라고 전화가 오거나 당신을 찾아올 것이다. 그럴 때 단호하게 거절해라. 그동안 가족이란 이유로 당신을 그렇게 힘들게 한 사람이라면 돈을 빌리고 갚지 않을 가능성이 농후하다. 그러니 단호하게 절대 못 빌려준다고 해라. 당신이 아무리 부자라고 해도 당신에게 그렇게 상처를 준 그 사람에게는 절대 못 준다고 해라. 그래야 그 사람이 정신을 차릴 것이고, 그래야 그 사람에게 복수를 하는 것이다.

그저 그 사람을 안 보고 사는 것만이 복수가 아니다. 그 사람을 월등히 능가할 정도로 성공을 이루어야 그게 복수인 것이다.

사람을 많이 사귀려는 욕심을 내지 마라

자기는 아는 사람이 많다고 자랑하는 사람들이 있다. 사회생활을 하면서 사람을 많이 알고 있어야 도움이 많이 된다고들 한다. 그래서 인맥을 많이 만들어야 하고, 그렇게 인맥을 만들기 위해 열심히 노력하는 사람들도 많다.

그런데 정말 그렇게 사람을 많이 알고 있어야 인생을 살아가기가 수월한 것일까?

난 솔직히 그렇게만 생각하지는 않는다. 오히려 사람을 많이 알게 됨으로써 수많은 일에 엮일 경우가 많지는 않을까?

내 경우가 그렇다. 나도 사회 초년병이었던 예전에는 사람을 많이 알고 사는 게 자랑거리자 든든함 버팀목일 거라고 생각을 했다. 주변에서 자기가 많은 사람을 알고 지낸다는 말을 들으면 정말 대단하게 보였고, 나도 그런 사람이 되고 싶었다.

그래서 결혼 이후에도 모임에 많이 참가하고, 술자리에도 빠지지 않았고, 나의 집에도 손님들이 끊이지 않았고, 어떻게 해서든 많은 사람들과 안면을 트고 싶었다. 또한 회사에서도 수많은 선후배들과 교류를 하려고 갖은 애를 다 썼다. 그래서 난 사교의 천재라는 말을 듣고 싶었던 것이다.

이런 결과로 난 정말 많은 사람을 알게 되었다. 부부생활을 하면서도 그때의 와이프에게 시간을 많이 할애하지 못하고 이렇게 알게 된 사람들에게 훨씬 많은 시간을 할애하게 되었다. 그런데 이렇게 정성을 들여 많이 알게 된 사람들이 나에게 정말 도움이 많이 되었을 거 같은가?

실제로는 그러지 않더라. 그렇게 힘들게 안면을 텄던 그 사람들이 그 시간 이후로 하나둘 나에게 갖가지 부탁을 하더라. 나로서는 어렵게 만든 인연이었기에 그 사람들의 부탁을 성심성의껏 들어주려 노력했다.

그런데 이런 부탁이 한두 명으로 끝나는 게 아니라 더 많은 사람에게서 연락이 왔다. 나중에는 큰돈을 빌려달라는 전화까지 걸려왔다. 난 모든 사람들이 다들 나 같으려니 생각하고 그런 돈도 빌려주곤 했다. 하지만 그 돈을 돌려받는 데 얼마나 많은 고생을 했는지 모른다. 빌려 갈 때는 우리 관계를 들먹이며 그 돈을 빨리 갚겠다고 약속하지만, 막상 돈을 빌려 가고 나서는 완전히 나 몰라라더라. 나와 와이프가 혀를 내두를 정도였다.

또한 신기한 게 이렇게 내가 도움을 주었던 사람들에게 나로서도 부탁할 일이 있어 그 사람들에게 전화를 하면 오히려 가볍게 거절하더라는 것이다. 황당한 일이었다. 나는 그렇게 성의를 다해 그 사람들의 부탁을 들어줬는데, 그들은 나를 너무나도 쉽게 거절하더라는 것이다.

사람 많이 안다는 거? 그거 그리 좋은 일이 아니다. 학교 다닐 때는 정말 많은 사람을 만나서 인연을 만드는 게 중요하다. 하지만 결혼한 이후에도 꼭 그럴 필요가 있을까? 당신이 아무리 수많은 사람에게 잘해준다 해도 그 시간에 당신의 와이프에게 해준 것에 대한 결과보다 훨씬 적은 결과로 돌아오는 것이다.

그냥 사회생활을 한다고 하면 당신이 정말 아끼는 사람, 정말 좋아하는 사람 몇 명이면 족하다. 당신이 정말 힘들고 어려울 때 조건 없이 당신을 도와줄 사람, 또한 당신도 그 사람을 어떤 조건 없이 도와줄 수 있는 그런 사람 몇 명이면 된다. 괜히 많은 사람과 친해져 봐야 당신과 와이프를 귀찮게 할 뿐이고 나중에 당신 가족을 배신하는 사람도 태반이다.

또한 요즘 아무리 피가 섞인 친척, 부모가 같은 형제자매라도 제3자보다 못한 사람들이 정말 많다. 형제가 형제가 아니요, 가족이 가족이 아니더라. 그냥 형제자매도 어떨 때는 그리 도움이 되지 않고 웬수 같을 수도 있다. 그런 형제자매들 때문에 힘들어 하는 사람들도 정말 많지 않던가?

그냥 당신이 정말 믿고 따를 수 있는 사람 몇 명 정도만 알고 있어도 된다. 그 사람들에게 성의를 다하면 된다. 그리고 최고의 정성을 당신의 와이프에게 쏟자. 수많은 사람에게 쏟았을 그 엄청난 정성을 와이프에게 쏟으면, 와이프가 좋아서 기절할 수도 있겠다. 안 그런가?

결혼 후에 돈을 많이 써야 부자가 되는 것이다

우리 주변을 보면 이상하게 돈을 쓰지 않으려고 하는 사람들이 정말 많다. 그저 자기 가족에게만 돈을 쓰고 주변 사람에게는 거의 돈을 쓰지 않는 그런 사람들 말이다.

당신은 이 시대에 살면서 그렇게 돈을 쓰지 않아야 부자가 된다고 생각하는가? 난 지금까지 살면서 깨달게 된 것이 이렇게 돈을 쓰지 않으면 그 어떤 사람도 절대로 잘 살지 못한다는 점이다.

당신이 만약 주변 사람들과 식사를 하거나 술을 먹게 된다면 스스럼없이 사라. 술자리를 시작하기 전에 미리 데스크에 가서 카드를 맡겨라. 아니면 술자리가 끝날 거 같으면 당신이 무조건 카운터에서 계산해라.

그 대신 사람 같은 사람들, 즉 인간 같지 않은 사람이 아니라 진정한 사람 같은 사람들에게 사라. 사람답지 않은 사람에게 대접을 해봐야 그런 사람들은 고마운 줄 모르고 자기가 얻어먹는 게 지극히 당연한 줄로만 안다. 그러니 그런 사람에게 살 게 아니라 사람다운 사람에게 사자.

"N분의 1을 하자"고 하는 추접스러운 말은 하지 마라. 그렇게 인생을 살면, 그렇게 지질하게 돈 계산이나 하고 살면 평생 부자는 못 되고 항상 비리비리하게 산다.

당신이 좋아하는 사람, 본받고 싶은 사람이 있다면 종종 선물도 보내라. 그래야 그분들이 당신 부부를 계속 인식하고 있을 거 아닌가? 아무런 베풂 없이 도움을 받을 수 있을 거 같은가?

장모님, 부모님에게도 더 쓰자. 그분들이 살면 또 얼마나 더 살겠는가? 살아 계실 동안 맘껏 잘 해드리자. 부모님이 좋아하시는 박하사탕도 많이 사 드리고, 건강에 좋은 약도 사 드리고, 용돈도 맘껏 드리자. 용돈을 드릴 때는 그분들이 놀랄 정도로 많이 드리자. 그래야 드리는 맛이 나지 찔끔찔끔 드리면 드린 티도 나지 않는다. 드릴 거면 크게 드려라.

누군가에게 선물을 하게 되더라도 받는 사람이 조금 부담을 가질 정도의 선물을 해야 한다. 그래야 고마움을 느낀다. 그냥 남들이 하는 선물 정도로 하면 그건 하지 않는 것과 똑같다.

당신 사무실을 청소해주는 아주머니에게도 종종 몇 만 원씩 드리자. 그러면 그분이 당신에게 감사해하며 자리를 더욱 깨끗하게 청소해준다. 아파트 경비원분들에게는 설이나 추석 때 양말이라도 선물해드리자. 그러면 그분들이 당신에게 인사하느라 정신이 없을 것이다.

인생은 당신이 그렇게 베풀며 살면 더 큰 기회가 오는 것이다. 신神도 그런 모습을 보면서 당신에게 행운을 주는 것이다. 자신이 쓴 금액의 몇 십 배에서 몇 백 배의 보답이 나중에 생기는 것을 보통 사람들은 잘 알지 못하는 것 같다.

쪼잔하게 돈을 따지고, 음식 계산할 때 N분의 1이나 하고, 누가 돈을 더 조금 쓰나에 집중하는 그런 사람들은 항상 비리비리하게 살 수밖에 없다는 사실을 명심하자.

또한 이렇게 돈을 멋지게 쓰는 모습을 당신의 자녀들이 보고 배우는 것이다. 부자가 될 사람들은 돈 쓰는 모습을 보면 딱 나온다. 돈을 아무렇게나 쓰는 게 아니라 한 번 쓸 때 크게 쓰고, 또한 멋지게 쓰는 것이다. 그런 사람들이 부자가 되는 것이다. 당신 주변에 항상 아껴 쓰는 사람들 중 진정 큰 부자가 된 사람이 있던가?

말이 나온 김에 나의 아버지 이야기를 한번 해보자. 아버지는 초등학교 선생님이셨다. 나중에는 교장선생님으로 퇴직하셨으니 나름대로 교직 사회에서는 성공한 인생일 것이다.

그런데 교사라는 직업이 월급이 지극히 한정된 직업 아닌가? 그러다 보니 제대로 돈 한번 써보신 적 없으셨다. 옷을 사도 항상 시장에서, 그것도 아주 저렴하고 허름한 옷만 사셨다. 그래서 항상 어머니에게 핀잔 아닌 핀잔을 듣고 사셨다.

예전에 내가 돈을 좀 벌 때 아버지에게 K2 등산복을 사 드린 적이 있는데 그것을 얼마나 아끼고 또 아끼시던지…. 그 옷도 그리 아끼신다고 제대로 한번 입어보지도 못하시고 결국에는 돌아가시고 말았다. 제대로 한번 입지도 못하고 버리게 된 K2 등산복을 보면서 내 심정이 어땠을 거 같은가?

또한 아버지는 자기 자신에게 뭔가 돈을 쓰지 못하셨다. 자기 자신에게 돈을 쓰는 것을 너무나 아까워 하셨다. 그러다 보니 술을 드시고 싶어도 항상 드시는 술은 소주와 막걸리였고, 안주는 제일 비싼 게 5천 원짜리 동태찌개였다.

어디를 가시더라도 거의 돈을 쓰지 않고 돌아오셨고, 아버지가 사셨던 전라북도 전주 시내 안에서는 버스를 타지 않고 걸어 다니셨다. 단돈 천 원도 아까워서 그렇게 아끼고 또 아끼셨다. 택시? 아버지에게는 택시라는 존재가 없었다. 그냥 지나다니는 물건에 불과했다는 것이다. 이렇게 아끼고만 사시니 뭐 하나 변변히 가지신 게 없으셨다.

왜 그런지 시간이 갈수록 더욱 작아지시는 아버지의 모습이랄까? 뭘 사더라도 항상 저렴한 것만 찾으시는 나의 아버지. 아버지가 이렇게 돈을 쓰시지 않고 사시다 보니 주변 친척들에게 왠지 모르게 무시당하는 경우가 종종 발생했다.

난 아버지의 이런 모습을 보면서 느꼈다. 인생은 저렇게만 사는 게 좋은 것은 아니라는 것을, 사람이 태어난 이 인생에 그저 아끼면서 작아져가는 모습은 그리 좋은 모습이 아니라는 것을 느끼게 되었다.

난 이 세상에서 가장 존경하는 분이 바로 나의 아버지다. 그런데 존경하지만 아버지가 살아왔던 그 지극히 아껴 쓰는 인생을 살 수만은 없었다. 난 큰사람으로 살고 싶었다. 그래서 난 보험 영업을 시작했던 것이고, 그래서 부동산을 투자하려고 노력했던 것이고, 그래서 더욱 큰 부자가 되려고 노력했던 것이다.

난 현재 유방암 투병을 하고 있는 여동생에게 현금으로 도움을 주려 할 때 돈 몇 푼을 가지고 해결하지 않는다. 동생이 놀랄 정도의 금액을 준다. 그래야 하늘에 계시는 아버지도 좋아할 것이고, 그래야 내 동생도 오빠에 대한 고마움이 클 것이다.

작은 돈 몇 푼 줘 봐야 그냥 인사치레일 뿐 그거 별로 도움이 안 된다. 또한 나의 와이프는 내 동생에게 나보다 더 많이 경제적 도움을 주더라. 남들이 들으면 놀랄 정도의 금액을 지원한다. 그게 내 와이프의 행복이라고 하더라. 소중한 내 남편의 동생을 진심으로 도와주고 싶다는 것이 말이다.

난 술을 먹을 때 나의 아버지와 마찬가지로 비싼 술을 먹지 않는다. 대신 나의 동료들과의 술자리, 나의 직원들과 먹는 술자리, 나의 지인들과 먹는 술자리 등 모든 자리에서 내가 다 계산한다. 내가 비싼 술이나 마시려고 부자가 되려 한 게 아니다. 많은 사람들을 만나고, 같이 이야기를 나누고, 그 사람들과 대화를 통해서 세상을 알아가는 그 재미가 좋은 것이다. 무슨 양주나 마시고 단란주점이나 가고 비싼 술집에서 술잔을 기울이고 하자고 부자가 되려 한 게 아니었으니까.

난 부동산과 여타 나의 일에서도 자금을 통 크게 지른다. 하루에 수십억 원이 왔다 갔다 한다. 만약 아버지가 지금의 내 모습을 보셨으면 아마 기절하셨을지도 모른다. 내 판단에 의해 부동산 계약 시 몇 천만 원이 할인되기도 하고, 내 결정에 의해 많은 부동산에서 수억 원의 금액이 움직인다. 그러는 과정을 보면서 주변 사람들이 내 모습을 보고 놀란다. 어떻게 그렇게 통이 클 수 있냐고 묻기도 한다.

만약 내가 아버지의 모습대로 살았다면 이럴 수 있겠는가? 난 누군가를 도울 때도 통 크게 돕는다. 그냥 지질하게 돕는 게 아니다.

난 지금의 내 모습에 한편으로는 대견하기도 하고 한편으로는 무섭기도 하다. 하지만 난 통 크게 살아야 한다고 항상 마음속으로 외친다. 돈을 아껴 쓰려고도 하지 않는다. 아껴 쓰려고 하는 순간부터 난 더욱 작아진다는 것을 잘 알기 때문이다.

당신도 아껴 쓰지 말고 더 많이 베풀고 더 많이 통 크게 살아야 한다. 그래야 당신이 원하는 인생의 방향으로 움직일 수 있는 것이다. 또한 그런 모습을 배우자가 보고 배우고 당신을 존경하는 것이다. 또한 그런 당신에게 많은 사람이 모이게 되고, 그런 사람들이 당신을 돕게 되는 것이다.

우리 부모님 세대는 근검절약을 최고의 미덕으로 생각해 오셨다. 하지만 지금도 그럴까? 난 그러면 안 된다고 생각한다.

근검절약하고 은행에 열심히 저축하고 하면? 외식도 줄이고, 여행도 안 가고, 옷도 싸구려만 입는 사람들이 지금도 많다. 하지만 이것이 지금 같은 자본주의 사회에서 좋은 영향을 미칠까?

요즘 이렇게 해서 부자가 된 사람을 당신은 본 적이 있는가? 이렇게 살면 요즘은 부자가 되지도 못할 뿐만 아니라 당신 자신의 모습을 거울로 보면서 지질하고 구차한 모습에 눈물만 날 지 모른다.

돈의 가치는 시간이 지날수록 끊임없이 떨어지게 되어 있다. 즉, 물가는 계속 오르게 되어 있다. 정부가 그것을 조장하고 있고 은행이 거기에 일조하고 있다. 이러한 인플레이션 시대에서 안 쓰고 저축한다는 것은 밑 빠진 독에 물 붓기와 다름없다.

그런데 일반적인 사람들은 인플레이션이 발생할 수밖에 없다는 것을 제대로 알지 못하다 보니 계속 아끼고 저축만 한다. 안 그런가?

또한 당신이 누군가에게 베풀어야 돈도 따른다. 나도 너무나 인색한 사람에게는 도움을 주고 싶지 않고, 너무 구질구질하게 다니는 사람에게도 별로 도움을 주고 싶지도 않을뿐더러 만나고 싶지도 않다. 만나고 나면 기분이 아주 나빠진다.

너무 아끼지 마라.

혹시 당신이 어떠한 방법으로 수입이 발생했다면 당신에게 소중한 와이프에게 큰 선물을 사 주자. 그리고 당신이 고마워하는 부모님이나 다른 사람에게도 선물을 사 드려라. 그러면 더 큰 복이 다시 당신에게로 오게 되어 있다. 그게 세상의 순리이다. 그래야 복도 당신에게 오는 것이다. 그래야 당신의 가정에 행복이 더 많이 오게 되는 것이다.

안정적인 직업이 당신 가정을 망친다

사람들은 안정적인 직업을 찾기 위해 고군분투한다. 교사, 공무원, 의사, 회계사, 변호사 등의 직업을 갖기 위해서 말이다. 이런 직업을 얻기 위해 얼마나 많은 시간 동안 공부를 하는가, 얼마나 많은 노력을 투입해야 하는가는 당신이 익히 알 것이다.

하지만 누군가가 이런 직업을 갖게 되면 그 이후부터는 이 직업에 안주하는 경우가 많고, 이런 직업이 가져다주는 안정성에 미래를 내다보지 못하고 그저 지금이 내일인 것처럼 편하게 사는 경우가 대부분이다. 그러면서 무슨 다른 공부를 하려고도 하지 않고 투자를 하려고도 하지 않는다.

혹시 무슨 투자를 하게 되면 그것이 위험하다 생각하며, 그런 위험성이 있는 것을 굉장히 두려워한다. 나같이 부동산 투자를 전문으로 하는 사람들은 투자를 하지 않는 게 이런 자본주의 사회에서 오히려 위험하다는 것을 잘 안다. 안정적인 직업에만 안주하고 산다는 게 더 위험하다는 것도 잘 안다.

그래서 난 내가 아끼는 사람들에게 안정적인 직업을 갖지 말라고 말한다. 안정적인 직업을 갖게 되면 퇴보할 가능성이 더 크기 때문에 그렇게 말을 한다. 그 대신 그 사람의 능력을 펼칠 수 있는 직업, 능력에 비례해 수입을 있는 직업, 안정적이지 않고 안주할 수 없어 더욱 치열하게 살아야 하는 그런 직업을 구해야 한다고 말을 하고, 또한 그렇게 열심히 하루하루 살면서 미래를 위한 투자를 하라고 말을 한다.

하루하루 사투를 벌여야 할 만큼 노력이 필요한 직업을 갖고, 그 직업에서 나오는 그 사람의 몸값을 통해 이루어놓은 투자가 그 사람을 결국 미래에 안정적이고 자유로운 경제적 위치를 만들어 준다고 누누이 강조한다.

혹시 맞벌이를 하는데 남편도 당신도 모두 안정적인 직업을 가진 사람이라면 당신이 점점 위험해져가고 있다는 것을 알아야 한다.

공무원의 정년 보장? 그거 얼마나 가는지 똑똑히 보라. 절대 그 말 오래도록 나올 수가 없는 것이다.

의사의 고액 연봉? 시간이 지나도 계속 이렇게 될 거 같은가? 만약 그럴 거라고 생각하는 사람은 경제의 흐름을 모르는 사람이다.

그러니 당신은 남편과 당신의 능력을 비교해서 능력이 더 많은 사람이 그 안정적인 직업을 그만두고 새로운 일에 도전해보자. 당신이 남편보다 능력이 많다면 당신이 어떤 일을 하면 아주 잘할 수 있을지 고민하고 또 고민하자. 그리고 그 고민은 짧고 굵어야 한다. 고민이 길어지면 의지가 약해지고 다시 원상태로 돌아가기 쉽다.

그렇게 고민의 결과가 나오면 바로 행동으로 옮기자. 지금까지 다니던 직장에 사표를 과감히 던지고, 당신의 모든 것을 걸고 새로운 인생에 도전해보는 것이다. 당신이 살면서 이렇게 재미있는 도전을 언제 해보겠는가?

사람과 동물 모두 환경에 영향을 받는다. 지금의 환경이 안정적인 것처럼 느껴진다면 움직이지 않고 투자하지 않고 나태해지기 마련이다. 반면 당신의 환경이 항상 불안하고 당신이 항상 도전을 해야만 하는 직업을 가지고 있다면 더 활발히 움직이고 더 투자를 하게 되고 더 공부하게 된다.

난 내가 만나본 공무원이나 교사들 그리고 전문직, 즉 대부분의 사람들이 부러워하는 안정적인 직업에 종사하는 이들 중에 제대로 재테크를 하고 있는 사람을 거의 못 봤고, 자본주의의 현실을 제대로 직시하고 있는 사람도 거의 못 봤다.

자기 자신이 보이지 않는 철창 속에 갇혀 바깥세상이 어떻게 돌아가고 있는지를 제대로 보지 못하는 사람들을 너무나도 많이 봐왔다. 제발 이렇게 살지 말자.

하나 더 이야기 해보자.

일반 대기업은 20대 후반에 입사해도 40대 초반이면 퇴직을 준비해야 한다. 그래서인지 그 기간 동안 대기업에 종사하는 사람들은 자기의 몸값을 올리려 열심히 노력을 하고, 퇴직 후를 위해 무언가를 준비하려 한다.

하지만 공무원, 교사들은 어떤가?

난 참 신기한 게 그렇게 똑똑하고 현명한 사람들 뽑아놓고서는 바보 만드는 게 바로 그 공무원과 교사 조직이라고 생각한다. 아무리 좋은 인재를 뽑아놓으면 뭐 하나? 뭔가 도전적인 일도 없고, 한번 들어오면 평생직장이라 생각하고, 하루하루가 그저 똑같고…. 교사들은 학부모에게 치이고 아이들에게 치이고, 공무원들은 민원에 치이고 매년 감사監査에 치인다. 이게 바로 공무원과 교사이다.

그런데 이런 공무원, 교사들은 정부가 처음에 그들에게 한 약속을 계속 지킬 거라고 생각하는 것일까? 정부가 죽을 때까지 막대한 연금을 지급하겠다고 했던 약속 말이다. 대한민국 전 국민에게 했던 국민연금에 대한 약속도 적자에 허덕여 어쩔 수 없이 뜯어고치는데, 공무원연금이라고 그 막대한 적자를 보면서 가만히 놔둘 거 같은가? 그런데 내가 만나본 공무원들은 정부의 처음 약속을 믿어도 너무나 믿는다.

게다가 시간이 지나면서 정부가 공무원과 교사에 대해 정리해고를 안 할 것 같은가? 그저 60세까지 가만히 놔둘 거 같은가? 분명 회오리가 휘몰아칠 거다. 지방정부는 현재 막대한 재정적자로 몸살이 아니라 완전히 중병을 앓고 있다. 지방정부에서도 할 수 있는 모든 조치를 취할 것이다. 그중 가장 먼저 하기 쉬운 게 인적 쇄신이다.

기업들이 하는 구조조정 방법 중 가장 먼저 하는 게 인적 쇄신이다. 그러면서 주주들의 이익을 구하고 회사가 굴러가게 만든다.

그러면 정부나 지방정부는? 사기업을 보고 배울 수밖에 없다. 현재의 공무원과 교사들 중 정부에서 나가라고 한다거나 연금 액수가 약속보다 훨씬 준다면 제대로 살아갈 수 있는 사람들이 얼마나 되겠는가?

공무원이나 교사일수록 자기 몸값을 하루라도 빨리 올려야 하고, 실력을 높여야 하고, 자기의 경제적인 자산을 빨리 구축해야 한다. 공무원이나 교사라고 그저 마음을 놓아서는 안 된다는 것이다. 그러한 태도가 바로 당신의 가정을 힘들게 만든다. 그게 급속도로 변하는 대한민국이라는 자본주의 사회에서 얼마나 바보 같은 태도인지 빨리 알아야 한다는 것이다.

부모님과는 남남처럼 지내자

결혼한 이후에도 무슨 일을 할 때 부모님에게 허락을 받아야 한다고 하는 성인들이 있다. 이런 것을 뭐라 해야 하는 건가? 나이는 30세가 넘었는데 아직도 성인이 아닌 건가? 아니면 나이를 계속 먹어도 그저 어머니와 아버지의 말씀이 무조건 진리라고 생각하는 유아기적 생각을 가지고 있는 건가? 정말 한심하기 짝이 없다.

분명히 결혼도 했고, 일을 하면서 수입도 있고, 나이도 30대가 이미 넘었고, 생각의 크기도 넓어야 할 사람이 아직도 부모님의 허락을 받아야 한다? 이런 사람들을 뭐라 불러야 하나?

20세가 넘으면 성인이다. 고등학교를 졸업하면 부모는 자식을 놔주어야 한다. 자식 또한 고등학교를 졸업한 이후부터는 부모의 간섭 없이 여러 가지 경험을 하면서 더 큰 사고를 하도록 해야 한다. 그런데 그 나이가 되도록 부모에게 허락을 받는다고? 이런 자세는 배우자에 대한 예의가 아니다. 절대로 아니다.

결혼을 했다면 그 이후부터는 부모의 존재는 거의 무시해야 한다. 결혼을 했다면 그 이후부터는 배우자와 자녀에게만 신경을 써야 한다. 가정에 어떤 문제가 생길 경우 오직 배우자에게만 말을 하고 같이 해결을 해나가야지, 그런 문제를 부모에게 알리고 같이 의논하는 것은 절대 해서는 안 될 일이다. 결혼을 하고 나서의 당신 인생은 당신 것이지 절대로 부모님 것이 아니다.

나도 예전에 대학생일 때, 직장인일 때 모든 일에 아버지의 간섭을 받을 때가 있었다. 아버지야 그저 자식 사랑의 표현으로 그러셨다고 하지만, 그것은 사랑이 아니라 간섭이자 자식을 성장하지 못하게 만드는 흉기다. 사랑이 흉기로 변하는 것이다.

결혼 이후 난 아버지가 뭐라 해도 내가 하고 싶은 대로 했다. 그렇게 아버지의 말만 따르게 되면 나중에 평생 후회하고 살 거 같았고, 나의 와이프에게 죄를 짓는 거 같았다. 아버지는 나에게 많이 서운해하셨다. 어떻게 그렇게 애지중지 키운 정수 네가 그럴 수 있느냐면서….

하지만 지금은? 그렇게 하길 정말 잘했다고 생각한다. 그러지 않았다면? 아주 지질하고 조그마한 남자로 남아 있을 것이고, 와이프와의 사이에 수많은 문제가 발생했을 것이다. 아버지도 하늘나라에서 지금의 내 모습을 자랑스러워하실 것이다.

당신이 행복한 결혼생활을 싶다면 결혼 이후에는 부모님의 말을 듣지 마라. 또한 가정과 관련된 모든 일을 절대로 부모님에게 말하지 마라. 부모님은 오직 명절 때만 보자. 부모님 댁이 아무리 당신 집 옆에 있다 하더라도 절대 부모님을 찾아가지 마라. 당신이 결혼을 했다면 당신의 인생은 당신만의 것이고, 부모님의 인생은 부모님의 것이다. 남남처럼 지내야 당신의 결혼생활이 행복해진다.

부모님의 어떠한 간섭이나 대화 없이 그저 당신이 하고 싶은 대로 하자. 실패와 성공 모두 당신의 것이니 정말 당신이 하고 싶은 대로 하고 살자.

결혼을 하면 배우자와 열심히 지지고 볶든 둘이서만 알아서 할 일이다. 그게 당신이 성인으로서 해야 할 일인 것이다.

즐겁게 사는 방법을 선택해보자

＼

결혼을 한 이후 부부가 살아가다 보면 정말 생각지도 못한 일들로 괴로울 때도 있고, 어느 날에는 누구와 심하게 싸울 일을 만나게도 되고, 누군가에게 배신을 당할 때도 있다. 갑자기 회사에서 퇴직을 당할 때도 있고, 누군가에게 돈을 뜯길 때도 있고, 누구와의 깊은 갈등에 술을 들이켜야 할 때도 있다.

인생이라는 게 다들 그런 거 아니던가. 그런데 이런 말이 있더라.

"이 또한 지나가리라."

정말 그렇다.

오늘 거의 죽을 만큼 정신적으로 힘든 일이 생겼다 해도 며칠, 몇 달이 지나가면 그런 일들이 언제 있었나 싶기도 하고, 누구와 죽도록 싸우고도 시간이 지난 뒤 다시 화해해서 잘 지내기도 하고 그러지 않던가?

세상만사 어떻게 마음먹느냐에 따라 즐겁게 살아갈 수 있지 않나 싶다. 이게 내가 40대 중반에 깨우친 이치다.

그러니 그냥 즐겁게 살아갈 수 있는 방법을 한번 선택해보자.

당신이 가장 소중한 사람인 와이프와 깊은 대화를 통해서 즐겁게 살아갈 수 있는 둘만의 방법을 만들어봐야 한다.

예를 들어 종종 당신이 다른 누군가와 혹시 힘든 상황에 처해 스트레스를 받을 때, 또는 어떤 일로 크게 힘들어할 때 그런 일에 대해서 와이프와 맥주 한잔하면서 '요즘 이런 일들이 있었네' 하고 대화를 나누면서 그것을 어떻게 해결할지 같이 의논하면서 그 해결책을 찾아 가는 것도 즐겁게 사는 방법이 될 것이다. 당신에게 인생의 최고의 술친구가 와이프이니 참으로 좋은 일 아닌가?

또 어떤 일로 큰 손해를 보게 되었다면 '살다 보면 돈을 잃기도 하고 얻기도 하는 것이요, 이렇게 잃었으니 다음에는 다시 돈이 들어올 일만 남았구나' 하고 와이프와 함께 여행을 다니며 서로 위로하면 그 또한 즐거움일 것이다.

당신이 혹시 어디가 아프다 싶으면 '내 몸이 이렇게 아프면서 내 몸을 잘 다스리라고 신神이 알려주시는구나' 생각하고, 또 와이프가 당신의 건강을 신경써주기 시작하면서 같이 주말에 운동을 하는 것 또한 즐거움이 아니겠는가.

세상 모든 일이 뭐, 다 그런 거 아닐까 싶다.

나도 살면서 인간관계에서 힘든 일이 많이 있었지만, 그때그때마다 와이프와 대화 끝에 그 사람을 용서하기로 결심하고 나서 나를 힘들게 했던 사람을 직접 만나 그 사람의 이야기를 듣고 여러모로 생각해보니 그 사람의 입장에서는 그럴 수도 있겠다 싶었다. 그 사람이 수년 동안의 내 믿음을 깨버린 사건이었는데도 그 사람을 용서하니 내 마음도 편하고, 그 사람도 나에게 고마움을 표시하면서 다음부터는 이런 일이 없겠다고 다짐도 하고 하면서 살다 보니 이 또한 즐거움이 되는 것이다.

부부싸움을 하더라도 당신이 남자이니 좀 더 참고 그냥 와이프의 이야기를 잘 들어주어라. 그러다 보면 '그래! 와이프 입장에서는 저럴 수도 있겠구나. 내가 화를 내지 말아야겠구나'라고 생각하면 그 또한 큰 싸움으로 번지지 않으니 이 또한 즐거운 일일 것이다.

내 지인 한 명은 부부싸움이 잦긴 하지만 그렇게 부부싸움을 할 때 싸움이 더 커지기 전에 빨리 아파트 밖으로 나온다고 한다. 그리고 담배를 3대 연거푸 태우면서 '그냥 내가 참자! 내가 잘못했다고 하자. 그래야 또 오늘 와이프와 웃으면서 생활을 할 수 있잖아' 하면서 다시 집으로 올라가 와이프에게 이렇게 잘못했다고 말을 해주면 와이프 또한 바로 풀린다고 하더라. 그러고 나서 바로 둘이서 소주를 마신단다. 그러면서 오히려 이제는 이러한 일들이 즐거운 시간이 되었다고 하더라.

당신이 업무로 힘들고 지쳐 집에 들어왔을 때 와이프와 함께 활짝 웃으며 마시는 그 시원한 맥주 한 캔으로 '오늘도 참 열심히 살았구나'라고 느끼는 것도 즐거운 일일 것이다. 안 그런가?

난 솔직히 나 자신이 이렇게 숨 쉬며 하루하루 살아가고 있다는 것에 대해 항상 감사함을 느끼며 산다. 암으로 죽음의 위기를 넘겼던 나로서는 이렇게 숨 쉬는 공기가 있다는 것도 감사하고, 내가 암 투병을 한 이후로도 이렇게 죽지 않고 열심히 살아가고 있다는 것도 감사하고, 와이프가 해주는 맛있는 음식을 먹을 수 있다는 것도 감사하다. 3번이나 결혼을 해본 것도 감사하고, 나의 어머니에게 아들로서 잘 해드릴 수 있다는 것도 감사하고, 나의 와이프가 며느리로서 시어머니에게 지극 정성을 다하는 것을 바라보는 것도 감사하고, 내가 좋아하는 막걸리를 벌컥벌컥 마실 수 있는 것도 감사하고, 내가 주변 사람들에게 큰 힘이 되고 있다는 것도 감사하고, 종종 안 좋은 일로 힘든 경우도 있지만 '이 또한 신께서 이런 것을 통해 나에게 인생을 배우라고 하시는구나'라는 가르침을 얻게 되어 이 또한 감사하고, 내가 키우는 강아지 두 마리가 항상 내 옆에만 있으려고 하는 것도 감사하고….

생각해보면 세상에는 감사하면 살 일 천지다.

즐겁게 사는 당신만의 방법을 선택해보자. 대신 꼭 와이프와 함께 말이다.

상대에게 많은 것을 포기하자

＼

결혼을 한 이후 부부생활을 하면서 남편은 와이프에게 욕심이 많아지고, 와이프 또한 남편에게 욕심도 많아지는 것 같다.

예를 하나 들어보자.

남편은 와이프가 항상 성질 좋은 자기 엄마 같은 존재이기를 바란다. 자기가 무슨 말을 해도 와이프가 다 이해를 해주기를 바라고, 무슨 잘못을 해도 모두 다 괜찮다고 해주기를 바란다. 또한 아이를 낳으면 와이프가 육아도 아주 잘해주기를 바란다. 남편인 자기가 신경을 별로 쓰지 않아도 와이프가 잘 키워주기를 바란다.

또한 집안일을 챙기거나 식사를 챙겨주는 것도 와이프가 하녀처럼 아주아주 잘해주기를 바라고, 또한 밤에는 와이프가 기생이 되어 자기를 잘 유혹해주기를 바란다. 이게 일반적인 남편의 심정인 거 같다.

와이프 또한 자기 남편이 언제나 존경할 만한 사람이어야 하고, 돈도 잘 벌어야 하고, 바깥에서 술도 먹지 말아야 하고, 항상 빨리 귀가를 해야 하고, 어떨 때는 듬직하기도 해야 하고 어떨 땐 유머와 위트로 자기를 기분 좋게 해줘야 한다. 어떨 땐 자기에게 아주 지극정성으로 상냥해야 하고, 집에서 집안일도 잘 도와줘야 하고, 항상 자기를 공주처럼 받들어줘야 하고, 밤에는 힘센 변강쇠가 되기를 바란다.

정말로 이 모든 것이 가능한 남편과 와이프가 존재할 수 있을까? 남편이 무슨 슈퍼맨, 아이언맨인가? 어떻게 이 모든 것을 와이프의 욕심에 다 맞출 수가 있겠는가? 마찬가지로 위에서 말한 남편에 대한 욕심 관련 내용에 그 누가 혼자 몸으로 그 모든 것을 다 맞출 수 있단 말인가?

이건 정말 불가능한 일이다. 이런 욕심을 가지고 상대방에게 자신의 요구에 잘 못 맞춰준다고 부부싸움을 하는 경우가 빈번하다. 하지만 이것은 환상이다. 사랑의 환상이다. 이런 환상, 이런 과도한 욕심을 버려야 한다.

당신의 남편은 위에서 말한 남편의 모습 중 불과 몇 개를 할 수 있는 존재일 뿐이고, 당신의 와이프도 마찬가지다.

남편이 매일 늦게 들어오면 늦게 들어오는 대로 만족하면서 사는 것이고, 회사 일에 미쳐 있으면 거기에 만족하고 사는 것이다. 또 남편이 집안일을 잘 도와주지 못하거나 하면 그냥 이해해주되, 남편의 장점만을 생각하면서 살아보면 어떨까?

설마 남편에게 장점이 하나도 없는 것은 아니잖은가? 남편이 가지고 있는 그 몇 개의 장점만으로도 행복해하고 감사해야지, 당신의 그 모든 욕심을 다 채우려 하다가는 부부관계가 파토나기 쉽다.

와이프의 경우도 마찬가지다.

와이프가 평상시에 너무나도 빈번하게 화를 내고 삐지는 성격이 아니라면 그래도 살 만한 거다. 와이프에 대한 당신의 모든 욕심을 내려놓고 와이프의 장점 몇 개만 가지고도 만족할 만한 거 아닐까?

다시 말하지만, 서로가 가지고 있는 상대방에 대한 과한 욕심은 부부관계를 극히 악화시킨다. 당신의 와이프, 당신의 남편에 대한 욕심을 내려놓고 많은 것을 포기하는 순간, 어쩌면 부부의 행복이 더 가까이 다가오지 않을까 싶다.

자녀 교육이 잘되는 가정의 공통점은…

내가 아는 지인 한 분은 자기 자녀들이 워낙 공부를 잘해서 첫째는 현재 서울 소재 로스쿨에 다니고, 둘째는 작년에 서울대학교를 입학했다. 자녀 교육을 위한 와이프의 헌신적인 노력이 아주 대단했다고 하더라.

그런데 이분은 실제로 자녀들이 어릴 때부터 자녀 교육에 관심이 많아서 주변의 많은 부모를 오랜 시간 동안 관찰해왔다고 하시더라. 그런데 자녀들이 아주 잘되는 집안과 잘되지 않는 집안의 특징이 있다고 하시면서, 특히 자녀들이 아주 잘되는 집안은 한 가지 공통점이 있단다. 난 아주 많이 궁금해서 그 공통점이 뭐냐고 계속 물어봤다.

대답인즉 이랬다.

"대표님! 제가 정말 수없이 많은 가정을 조사해봤거든요. 자녀 교육이 잘되려면 어떻게 해야 하는지에 대한 조사를 참 많이 했는데요, 자녀가 잘되는 집안에는 정말로 하나의 공통점이 있다는 것을 알았습니다. 그 공통점이 뭐냐면, 자녀 앞에서는 무조건 남편이 와이프 편을 들어야 한다는 것이었습니다. 와이프를 높여줘야 한다는 것이죠. 절대로 자녀 앞에서 와이프에 대한 험담이라든가 비난을 하거나 와이프를 낮춰보는 그런 언행은 절대 하지 말아야 한다는 것, 그리고 언제나 와이프를 칭찬하고 와이프의 말이 무조건 맞다고 자녀들한테 이야기해줘야 한다는 점이었습니다. 물론 부부싸움을 할 수는 있지만 절대로 자녀들 앞에서 싸우는 모습을 보이지 말고 밖에 나가서 싸우든지 해야 한다는 것, 자녀 앞에서는 무조건 와이프 편을 들어야 한다는 것, 또 자녀 문제도 자녀들이 보지 않는 곳에서 상의하고 그것에 대해 엄마가 자녀들에게 이야기하도록 할 것, 아버지는 무조건 자녀들에게 엄마의 말에 따르게 할 것. 이게 바로 자녀 교육이 잘되는 집안의 공통점이었습니다. 그래서 저도 이 공통점을 저의 가정에 적용시켰고, 그런 결과로 제 자녀들이 성공적으로 커주고 있는 거 같습니다."

아하! 바로 답은 이것이었구나.

남편이 와이프에게 힘을 실어주는 것. 자녀들에게 엄마의 말이 무조건 맞다는 인식을 심어주는 것. 자녀들이 엄마를 함부로 보지 않게 절대 자녀들 앞에서 엄마를 깎아내리는 말은 하지 않는 것.

어쩌면 자녀 교육이라는 것이 어려운 게 아닐 수 있을 거 같다는 생각이 들었다. 남편과 와이프가 자녀 문제에 대해 상의한 뒤, 자녀들과의 소통 창구는 무조건 와이프로 하고, 언제나 와이프에게 힘을 실어주는 것!

이렇게 하면 자녀 교육이 잘 이루어진다는 그 말씀에 나도 크게 배웠다.

_ chap3

자녀 교육은 이렇게

_자녀 교육이 고민인 분들에게 하고픈 말

대학을 졸업하면 무조건 집에서 내쫓자

미국은 자녀가 고등학교를 졸업하면 무조건 출가를 한다고 한다. 미국은 뭐 그렇다 치자. 우리나라는 그래도 자녀가 대학을 졸업할 때까지는 부모가 자녀를 책임져주는 게 상식이라고 인식되어 왔다.

그런데 신기하게도 요즘에는 취업이 워낙 힘들어 정말 많은 자녀가 대학을 졸업하고도 취직을 하지 못하고 계속 부모에게 경제적으로 의존하는 경우가 아주 많더라. 또한 부모들도 당연히 처음에는 이런 자녀가 불쌍하고 가여워서 함께 살아가면서 뒷바라지를 계속 해주게 된다.

난 이런 모습을 보면서 시간이 좀 지나면 이러한 자녀들은 독립성이 없어지고, 계속 부모에게만 손을 벌리게 된다고 생각한다. 내가 아는 사람들 중에도 이렇게 취직을 하지 못하고 계속 부모 밑에서 의지하며 수년 동안 직장 없이 빈둥빈둥 지내는 자녀들이 의외로 많다. 부모 속은 터지려고 하는데 말이다.

이것에 대한 해결책, 자녀를 제대로 성장시키는 방법은 오직 하나!

바로 당신의 자녀가 대학을 졸업하면 무조건 집에서 내보내자. 취직을 했든 하지 못했든 무조건 집에서 나가라고 하자. 당신의 자녀가 어디서 어떻게 살든 절대 상관하지 말고 무조건 내보내자.

그리고 자녀에게 이렇게 말을 하자.

"대학을 졸업할 때까지 널 키워줬으니 나의 의무는 다한 것이다. 이후부터는 네가 너의 인생을 알아서 하도록 해라. 네가 어디서 어떻게 살든 부모로서 상관하지 않을 테니 네 맘대로 인생을 살도록 해라. 그리고 명절에만 집에 인사하러 오면 된다. 생활비도 네가 알아서 벌어야 하고, 나가서 어디서 월세를 산다 해도 네가 알아서 다 구해라. 이제 더 이상 너에 대한 지원은 없다. 내일 바로 집에서 나가 살아라!"

이렇게 말을 하고 집에서 내보내야 한다. 당신의 이런 폭탄발언에 자녀가 많이 놀랄 것이다. '설마 그럴 리가' 싶을 것이다. '말만 그렇지 정말로 내보내지는 않겠지' 생각할 것이다.

하지만 당신이 자녀에게 말했던 그대로 그다음 날 바로 내보내야 한다. 그래야 자녀가 현실을 직시하게 되고, '뭔가 하지 않으면 굶어죽겠구나' 싶을 것이다. 움직이지 않으면, 어디에 취직하지 않으면 살아갈 수 없다는 것을 깨닫게 된다. 즉, 자기 인생에 대해 간절함을 느끼게 된다는 것이다.

만약 당신이 자녀를 집에서 내보냈는데, 이후 자녀가 불쌍한 모습으로 다시 집에 들어오고 싶다고 하면 절대로 그것을 용인하면 안 된다. 단호하게 거부해야 한다. 만약 출가했던 당신의 자녀가 다시 들어오게 되면 그 자녀는 100% 망한다. 그 자녀는 평생 뭐 하나 제대로 하지 못하는 불능의 사람이 되고 마는 것이다. 그런데 그런 못난 자녀의 모습을 누가 만든 것인가? 그것은 바로 자녀를 불쌍히 여기고 집에 다시 들어오는 것을 허락한 당신인 것이다.

정글의 왕 사자도 정글에서 수없이 많은 경쟁과 싸움, 혈투를 통해서 왕의 자리에 오르는 것이다. 사자를 집에서만 키우면 큰 고양이와 뭐가 다르겠는가? 또한 사자는 새끼들을 낭떠러지에 떨어뜨려 살아오는 새끼만 키운다고도 하지 않던가?

당신의 자녀를 사회라는 정글로 하루라도 빨리 내보내자. 그리고 거기에서 열심히 싸우고 투쟁하고 노력하는 모습의 사자가 되도록 방치하자. 그러면 당신의 자녀는 누가 뭐라 하든 열심히 살게 되어 있다.

내가 경험한 바로는 대학을 졸업하고 취직을 하지 못하고 계속 부모님과 같이 사는 자녀가 있다면, 나중에 자기가 잘못된 것에 대해서 자기 탓을 하는 게 아니라 오히려 부모 탓을 하는 경우가 많더라.

이는 부모로서 자녀를 너무 오냐오냐 키웠기 때문이다. 자녀가 취직을 하지 못해서 얼마나 마음이 아플까 하는 생각에 계속 같이 생활해온 것이 나중에는 자녀의 싸가지가 없어지고, 부모에 대한 고마움을 모르는 양아치를 만드는 결과까지 오게 된 것이다.

자녀가 군대를 가게 되면 부모님과 헤어지고 일정 시간이 지나면서 부모에 대한 고마움과 그리움에 눈물을 흘린다. 이는 부모님과 떨어져 있고 자기 혼자 생활을 해야 하기 때문이다.

맞다. 자녀는 이렇게 키워야 한다.

대학을 졸업을 했는데 계속 품에 안고 살겠다고? 취직을 하지 못한 자녀가 그저 불쌍해서 어쩔 수가 없다고? 취직을 못하고 있는 자녀의 속은 오죽하겠냐고? 그것은 당신이 나중에 자녀에게 무시당하기 딱 좋은 행동이라는 것을 알아야 한다. 당신의 자녀를 완전히 망치는 지름길 중의 지름길이다.

부디 자녀를 집에서 내쫓자.

하루라도 빨리 내쫓는 게 자녀를 성장시키는 최고의 방법이다,

이성 경험을 많이 하게 하자

난 살면서 결혼이라는 것을 3번이나 해본 사람이다. 이렇게 두 번이나 이혼을 하는 과정에서 나는 정신적 스트레스가 어마어마했고, 경제적인 손실도 정말 컸다. 난 왜 이렇게 이혼을 많이 하면서 고생을 하게 된 것일까?

그 이유는 바로 내가 여자를 보는 눈이 없어서다. 나에게 딱 맞는 여자를 고를 수 있는 능력이 있어야 했는데 학교를 다닐 때, 사회생활을 할 때 제대로 된 이성 경험이 별로 없다 보니 이렇게 아픈 상처를 크게 받게 된 것이다. 난 그래서 살아오면서 이성 경험이 별로 없었던 것에 대해 크게 후회를 한다.

이성 경험이 많아야 한다. 그래서 남자로서 여자 보는 눈을 가져야 하고, 여자도 당연히 이성 경험을 많이 해서 남자 보는 눈을 가져야 한다. 그래야 나중에 나처럼 크게 후회하는 삶을 살지 않는다.

당신의 자녀가 중학교를 다니는데 혹시 이성 친구를 사귀고 있다고 하면 축하해주자. 또한 당신의 자녀가 고등학교 다닐 때 이성친구가 있으면 공부에 지장이 있을 거라며 반대하거나 그러지 말자. 제대로 된 자녀라면 이성 친구를 사귄다 해도 자기가 할 일을 잘 알아서 하게 되어 있다.

당신의 자녀가 대학에 입학한 이후로는 정말 많은 이성 친구를 사귀라고 하자. 자녀가 대학을 다닐 때 섹스도 많이 해봐야 하고, 모텔도 많이 다녀봐야 한다. 그래서 제발 좋은 배우자를 고를 수 있는 능력을 갖게 하자. 좋은 배우자를 만나야 평생을 즐겁고 행복한 결혼생활을 하게 될 것이고, 행복한 결혼생활이 바탕이 되어 인생에 성공할 수 있지 않겠는가?

섹스도 많이 해봐야 어떤 사람과 같이 살아야 속궁합이 맞는구나 하고 깨우치게 된다. 섹스에 대해서 아무것도 모르고 결혼을 하게 되면 나 같은 경우가 생길 수도 있다. 그러니 부디 당신의 자녀가 대학을 다닐 때 공부만 하라고 하지 말고, 이성 경험도 많이 하라고 하자.

남자가 와이프를 잘 만나면 사회생활에서 성공할 확률이 커지고, 여자가 남편을 잘 만나면 평생 돈 걱정 없이 행복하게 살 수 있다. 그래서 많은 이성 경험이 실로 자녀의 인생에 중요한 역할을 하게 되는 것이다. 또한 그렇게 많은 이성 경험을 해보고 헤어져보기도 해야 이성 친구를 어떻게 존중해줘야 하는지 방법을 알게 되고,

어떻게 해야 이성 친구에게 존중받는지도 알면서 그런 경험들이 나중에 좋은 배우자를 만나게 되는 비법이 된다.

배우자를 잘못 만나면 평생 고생할 수도 있고, 후회 속에서 눈물만 흘리는 인생을 살아가야 할 수도 있다. 그러지 않기 위해서는 학교 다닐 때부터 이성에 눈을 뜨게 해보는 게 어떨까?

솔직히 나도 그렇지만, 당신도 학창 시절에 이성 친구를 사귀고 싶어 했고 그런 노력도 많이 해보지 않았던가? 그런 당신의 과거가 당신에게는 소중한 추억 아닌가?

공부를 아주 잘한 자녀의 결과는…

여러분의 자녀가 공부를 아주 잘한다고, 전교 1, 2등을 할 정도로 아주 공부를 잘한다고 가정해보자.

공부를 아주 잘한 자녀가 나중에 가지게 되는 직업은 우리 모두가 다 잘 알듯 교수, 의사, 변호사, 회계사 등일 것이다. 이런 전문 직종을 직업으로 가진다는 게 얼마나 힘든가? 정말 죽자 사자 공부하는 사람들 중에도 극히 소수만이 얻을 수 있는 직업이다.

그런데 난 이렇게 어렵게 전문직 직업을 가지는 게 현재와 같은 자본주의 사회에서 큰 부자가 되는 길에서 더욱 멀어진다고 난 생각한다.

왜냐고? 그 답을 여기에서 한번 말해보고자 한다.

먼저 의사가 된다고 한번 생각해보자.

예를 들어 치과의사가 된다는 건 정말 수재秀才라는 소리를 들을 정도로 똑똑한 학생에게도 아주 어렵고 힘들다는 게 사실이다. 그런데 그렇게 어렵게 공부를 해서 치과의사가 되었다고 할 때 이 치과의사는 하루 종일 뭐만 보고 사는가? 정답은 바로 다른 사람의 입안 치아다.

그런데 치아도 정상인 것이 아니라 썩은 것, 깨진 것 이런 것이 아니겠는가? 만약 당신의 직업이 하루 온종일 다른 사람의 입안을 보면서 썩은 것, 깨진 것을 치료하는 일이라면 당신은 좋겠는가? 여러분의 자녀가 평생토록 남의 입안만 쳐다보고 산다는 게, 그것도 썩은 치아만 보고 산다는 게 정말로 그리도 바라는 직업인가? 잇몸에 임플란트를 박고 나사 박고 하는 일만 하고 사는 게 정말 당신의 자녀가 가져야 할 선망의 직업인가?

그렇게 죽을힘을 다해 공부한 끝에 기적적으로 치과의사가 되었을 때 느끼는 그 쾌감, 자부심이 정말 이 직업을 하면서도 오래 지속될 수 있을까? 다른 과 의사들은 매일 피를 보면서 진료해야 하는 경우도 있을 것이고, 매일 정신적으로 이상한 사람만 보게 되는 경우도 있을 것이고, 매일 피부를 찢어야 하는 경우도 있을 것이고….

물론 수입은 많을 것이다. 환자를 치료한다는 자부심도 클 것이다. 그런데 정말 이 직업이 이 시대에 추천할 만한 직업인가에 대해서는 다시 한 번 생각해보자.

예전에는 의사만큼 돈을 많이 버는 직업이 거의 없었다. 그래서 당연히 의대 인기가 높았다. 하지만 지금은?

의료시장에서 의사가 너무 많이 공급되어 병원들마다 진료비를 낮추는 경쟁을 하고 있다. 어려워진 의료시장 환경 때문에 밤늦게까지 진료하는 경우도 아주 많다. 또한 예전과 달리 의사의 소득이 정부에 거의 노출되기 때문에 고소득에 따른 세금도 어마어마하게 많이 내는 세상이 되었다.

게다가 요즘은 각양각색의 직업에서 의사들의 수입보다 월등히 많은 경우가 생기고 있다. 지금은 셰프가 의사보다 몇 배를 더 벌고, 건설현장의 타일공의 수입이 의사의 수입과 맞먹는 시대이다.

변호사?

변호사라는 직업은 항상 법을 가지고 증거를 토대로 상대방과 논리를 다투어서 이겨야 하는 싸움을 하는 사람들이다. 다른 사람과 싸워야 하는데 법의 잣대로 들이대서 꼭 이겨야만 하는 일을 하는 사람들. 즉, 매일매일, 하루 온종일을 다른 사람과 싸우는 일만 하는 것이다.

만약 당신의 자녀가 매일 법을 가지고 다른 사람들과 싸워야 하는 일만을 한다면 기분이 좋을까? 하루도 빼지 않고 매일매일 법으로 싸워야 하는 일을 하는 직업 말이다. 그런 당신의 자녀는 매사 모든 일을 싸움에 비유할 수밖에 없을 것이고, 사사건건 모두 법의 잣대로만 생각할 거 아닌가?

사람이 살아가는 데는 법으로 판단하기보다는 정이나 아량으로 판단해야 할 일들이 얼마나 많은가. 또한 항상 법리적으로만 모든 일을 판단하라고 한다면 창의력은 발휘되지 못한다. 그저 있는 증거를 가지고 상대방과 싸워야만 하니까.

그런데 난 사회생활을 하고 회사를 운영하다 보니 돈을 크게 벌어주는 것은 바로 창의력이라는 것을 수없이 느낀다. 순간 번뜩이는 창의력, 남들이 잘 생각하지 못해온 그 좋은 아이디어가 수천만 원에서 많게는 수억 원까지 벌게 되는 일들이 참 많더라는 것이다.

다시 한 번 생각해보자. 이렇게 매일 다른 상대방과 싸워야 하는 일만 하는 변호사가 진정 당신이 자녀에게 바라는 직업인가?

회계사?

물론 수입은 많을 수도 있다. 그런데 회계사라는 직업이 매일 숫자만 바라봐야 하는 직업이다. 엑셀 안에 있는 숫자만 바라보고 매일 그 숫자를 맞춰야만 한다. 1원이라도 틀리면 안 된다. 무조건 숫자만 보고, 숫자의 금액을 맞추고 해야 하는 직업!

이런 직업을 당신의 자녀가 가진다면 정말 큰사람이 될 수 있을까? 큰 사업을 할 수 있을까? 절대 그럴 수 없을 것이다. 자기에게 주어진 환경과 직업이 그 사람을 만드는 것이다.

그저 숫자만 바라보는 사람들이다 보니 상대방에게 무슨 감동을 주거나 다른 사람을 자기편으로 끌어들이는 매력을 보이기도 힘들 것이고, 크게 생각하는 그런 도전정신도 보기 힘들 것이다. 항상 작게만 생각하게 되는 그런 사람들, 1원 단위도 정확하게 맞춰야 하는 그런 직업!

이런 사람들이 무슨 큰일을 할 수 있을까? 무슨 창의적인 사업 같은 것을 할 수 있을까? 그게 바로 회계사의 세계가 아닐까?

어떤가? 그동안 우리가 최고의 직업으로 선망해온 것들이 어찌 보면 지금의 이 시대, 돈의 흐름이 급속히 변해가는 이 시대에서는 선망할 수 있는 일이 아닐 수도 있다는 생각이 들지는 않는가?

잘 한번 생각해보자. 당신의 자녀가 수재 중의 수재여서 나중에 따기 힘든 아주 좋은 자격증을 가져서 쉽게 돈을 벌 수 있을는지는 모르겠다. 하지만 그런 일들이 정말 만족할 만한 일인가를 생각해보자.

지금은 이런 좋은 자격증 말고도 자기 자신의 재능과 능력으로, 창의적인 생각으로 큰돈을 벌 수 있는 그런 시대다. 시대가 정말 많이 바뀌었다는 것은 모든 사람들이 다들 잘 알 것이다. 요즘 학생들에게 가장 선망의 직업은 유튜버라는 말도 있지 않던가?

예전 산업화 시대에 선망의 대상이었던 그런 직업을 강요할 게 아니라 어쩌면 당신의 자녀에게는 좀 더 창의적이고, 좀 더 도전적인 면을 키워서 일반적인 사람들과 다른 사람으로 키워보면 어떨까? 당신의 수재 자녀가 그 좋은 머리로 뭔가 새로운 것에 도전한다면 정말 크게 성공하지 않겠는가?

왜 공부를 잘하는 사람은 부자가 되지 못하나?

대학교에서 공부를 아주 잘해서 좋은 직장을 가지게 된 사람들이 아이러니하게도 왜 사회에 나와서는 부자가 되지를 못하는 걸까? 정말 왜 그럴까?

대부분의 졸업생들이나 대학생들은 그저 공부 잘하고 좋은 학점을 받고 그 이후 좋은 직장을 갖게 되면 그게 곧 사회에서 성공하는 길이라는 인식을 한다. 공무원이 대학생들에게 가장 선호하는 직업이 된 지 오래고, 대기업도 입사하기가 아주 힘들 정도로 경쟁률이 어마어마하다.

그저 대기업에 들어가서 다른 사람들보다 월급 좀 더 받는 게 성공이라고 생각하는 사람들! 아주 안정된 직장, 즉 공무원으로 취업이 되는 게 이 세상에서 최고로 잘한 일이라고 생각하는 사람들!

자, 한번 생각해보자! 이렇게 공부를 잘한 학생들은 교과서만 가지고 취직을 위한 지식을 가지게 되었다. 오직 책 안에 존재하는 지식만으로 머리가 꽉 차 있는 것이다. 하지만 세상은 교과서에 쓰여 있는 대로 움직이지 않는다.

또한 이런 학생들은 교과서와 더불어 교사나 교수의 이야기에서 정보를 습득한다. 하지만 교사나 교수의 이야기에서 배울 게 하나도 없다는 것을 알아야 한다. 수십 년 전의 정보와 지식을 가진 교사나 교수가 대부분이고, 그 교사와 교수들도 오직 책을 통해 지식을 얻은 것이지 활발한 사회생활, 경제생활을 통해 지식을 쌓았을 리가 없다.

또한 공부를 잘했던 학생들은 오직 주어진 규칙을 준수해야 한다고 생각한다. 학교에서나 대학에서 말하길, 좋은 곳에 취직하기 위해서 그리고 그 직장에서 잘나가려면 세상에 주어진 규칙을 잘 준수해야 한다고 가르치기 때문이다.

하지만 지금까지 세상은 주어진 규칙을 뚫고, 새로운 것을 개척하고, 창조적이고 창의적인 사람에게 부자가 될 수 있는 기회를 주었다. 불과 몇 년 전만 해도 유튜브라는 게 이렇게 세상을 발칵 뒤집어놓을지 누가 알았을 것이며, 지극히 보통 사람이었던 사람이 창의적인 내용으로 유튜버가 되어 매년 수억에서 수십억을 번다는 것을 그 누가 예상이나 했겠는가?

나이 많으신 할머니가 유튜브 활동으로 수억 원을 벌고, 불과 열 살도 안된 아이가 유튜브를 통해 어마어마한 돈을 벌어 이후 빌딩을 샀다고 하지 않던가? 유튜브뿐만이 아니다. 요즘 세상에는 이렇게 별의별 직업으로 큰돈을 버는 사람들이 아주 많다.

만약 이렇게 큰돈을 버는 사람들이 좋은 직장을 구하기 위해 그저 열심히 공부를 하는 사람이라고 한다면?

나는 여느 직장인들과 이야기를 하다 보면 답답함을 느끼는 경우가 많다. 지금까지 그저 규칙과 원칙대로만 살아온 결과 생각이 자기만의 짜인 틀 안에서 너무 확고해 자신의 생각이나 태도를 잘 바꾸려 하지 않는다.

공부를 잘해서 좋은 직장을 차지한 사람들은 오직 주어진 시스템 안에서 효율을 찾아 활동을 하려 하지 그것을 주도적으로 변화시키거나 바꾸려 하지 않는다. 그렇게 변화하는 게 무섭다고까지 하는 사람도 있더라. 그냥 주어진 환경에 맞춰 사는 게 안심이 되고 편하다고 하더라.

하지만 부자가 될 수 있는 역량이 많은 사람들은 자기에게 주어진 환경을 스스로 바꾸려고 끊임없이 노력하고 미친 듯이 새로운 것을 갈구한다.

또한 공부를 잘한 학생들은 실수하는 것을 두려워하고 학교에서 실수하지 않고 좋은 점수를 받았기에 언제나 칭찬을 받아온 사람들일 것이다. 하지만 부자가 될 수 있는 인자가 많은 사람들은 사회 속에서 수많은 실수를 통해 자기만의 노하우를 얻게 된 것이고, 그 노하우가 모이고 모여 시간이 지나 부자가 되는 것 아니겠는가?

난 그래서 젊은 사람들일수록 실수를 많이 해봐야 나중에 크게 성공할 수 있다고 생각하는 사람이다. 그래야 많이 배운다. 학생

때도 여러 가지를 도전하고 실수를 해봐야 한다. 그저 실수 없이 교과서 속에서 세상의 이치를 깨달을 수는 없는 것일 테니까….

하나 더 이야기해보자.

난 지금 이렇게 글을 쓰면서도 예전 나의 힘들었던 과거를 생각해보면 등골이 오싹해진다. 너무나도 힘들었던 나의 과거의 그때들, 너무나도 나를 힘들게 했던 그 상황들, 자살까지도 생각하게 되었던 바로 그 나의 과거들. 모든 것을 잃었던 바로 그때들.

그때는 정말 너무나도 힘들었다. 지금도 생각하기도 싫을 정도다. 하지만 난 안다. 그때 나를 힘들게 했던 바로 그 수많은 나의 경험들, 나의 실수들, 나의 잘못들, 나의 환경이 나를 이렇게 부자로 만들어준 밑거름이 되었다는 것을….

내가 만약 주어진 틀 안에서만 살았다면? 내가 그저 공부를 잘해서 좋은 직장에 입사를 한 뒤 그 생활에 만족하고 살았다면? 그랬다면 내가 경험한 과거의 그 수많은 실패는 없었을 것이고 나를 힘들게 하지도 않았겠지. 하지만 난 아무런 도전도 하지 않았을 것이고 지금은 가난 속에서 허덕이고 있을 것이다.

그러니 부디 당신의 자녀는 그저 공부 잘해서 좋은 직업, 좋은 직장을 가져야만 한다는 사람으로 만들지 말자. 다시 말하지만, 세상이 정말 많이 변했고 지금도 급속도로 변하고 있다. 공부만 잘한 사람이 성공하는 시대는 거의 끝났다.

학벌과 스펙에 집중하지 말고 잡초처럼 살게 하자

예전에 내가 다녔던 재무설계 회사에는 대표님이 계셨다. 그 대표님에게는 두 자녀가 있는데, 둘 다 서울대학교를 졸업했다. 얼마나 공부를 잘했는지는 물어보나 마나다. 이 두 자녀는 지금 같은 최악의 취업난에도 대기업인 삼성화재에 정규직으로 바로 입사했다고 한다. 취업난이라는 말이 대표님의 가정에는 무색해질 정도다.

1년 전 즈음 대표님이 나의 사무실에 방문하셨기에 자녀들의 대기업 입사를 축하드린다고 말씀드렸다. 그런데 대표님이 좋아하실 줄 알았더니 오히려 나를 크게 나무라셨다. 나에게 "박 대표! 네가 현실도 모르고 그렇게 말하는 것"이라고 하시면서 말이다.

지금 대표님의 두 자녀의 나이는 20대 후반이다. 하지만 삼성화재는 40대 중반부터 명퇴를 시킨다고 한다. 대표님은 그러면 근무할 수 있는 기간도 얼마 되지 않을 뿐 아니라 시간이 지나 회사를 그만두고 나면 도대체 어디에 다시 취직을 할 수 있겠느냐고 하신다.

또 한 가지는 대표님 당신도 과거에 대기업에서 인사담당으로 근무를 해봤지만, 채용 시에 응시자가 자기소개서에 스펙이 너무 길고 오랜 시간 동안 훌륭한 학점을 받으면서 공부를 했다고 하면 오히려 그 응시자를 바보라고 생각하신단다. 그 오랜 시간 동안 오직 사회에서는 쓸데없는 스펙만 쌓고 공부만 하느라, 현장에서 갖게 되는 경험이라는 것은 아예 없다는 것을 인사 담당자나 인사 담당 임원들이 싫어한다는 것이다.

그런데 요즘 젊은이들은 그것을 모른다고 하시더라. 지금은 학벌이 중요한 시대가 아니란다. 서울대학교 안에도 취업 재수생들이 가득하단다. 지금은 죽도록 공부해서 좋은 대학을 입학하고 할 게 아니라, 스펙을 많이 쌓고 그럴 게 아니라, 진정 자기가 하고 싶은 일과 자기의 재능을 빨리 찾아서 거기에 맞는 전문대나 거기에 맞는 과를 가는 게 정말 중요하단다.

또한 젊을 때 그저 공부만 할 게 아니라 정말 잡초처럼 수많은 경험을 해봐야 한다는 것이었다. 그 속에서 세상 살아가는 방법을 깨달아야 하고, 그 속에서 자기가 가지고 있는 특성과 장점을 파악해야 한다는 것이다.

그저 공부만 열심히 하는 것은 과거와 달리 지금 같은 정보화 시대에 도태되는 최고의 지름길이라고 하시더라. 요즘 성공한 사람들을 보면 그 사람들이 공부를 잘해서 성공한 게 아니라는 것이다.

그래서 대표님은 자기 자녀들을 걱정하고 계셨다. 지금까지는 서울대라는 학교 안에서 책만 보고 도서관에서 공부만 해왔기 때문에 사회생활에 잘 적응할 수 있을지, 소통을 잘할 수 있을지 걱정이라고 하시더라. 학벌, 즉 서울대라는 간판이 중요한 게 아니라 자신만의 기술이 있으면 더 좋은 시대, 남들과 소통하는 능력이 진정 중요한 시대가 바로 지금이라고 하시더라.

그래서 그렇게 서울대에 입학해 열심히 공부를 해서 좋은 대기업에 들어간 자녀들을 계속 불안한 눈으로 쳐다볼 수밖에 없다고 하신다. 그 말씀을 듣고 난 정말 큰 걸 다시 한 번 느끼게 되었다.

내가 만약 젊다면?

난 아마 대학에 가지 않았을 거 같다. 대신 수없이 많은 나라로 여행을 다녔을 것이다. 외국이란 게 어떻게 생겼을까 항상 궁금했고 많은 곳에 가서 그 나라의 문화를 느꼈을 것이다. 그리고 막일을 열심히 했을 것이다. 또한 창업이라는 것에 눈을 뜨고자 했을 것이다. 창업을 한 선배들을 많이 만나 함께 술도 엄청 먹으며 그들의 경험과 노하우를 배웠을 것이다. 남들과 대화하는 법도 열심히 배우고자 했을 것이다. 수많은 여자들도 만나보고자 했을 것이고….

남들이 하지 않는, 남들이 꺼려하는 일들을 미치도록 해봤을 것이다. 그러면서 내 자신이 어떤 사람인가를 알려고 노력했을 것이다.

어쩌면 내가 지금 이렇게 일정 부분 성공한 모습으로 살고 있는 건 젊었을 때 힘든 경험을 많이 하며 세월을 보냈기 때문이 아닐까? 그때 수많은 힘든 경험을 해봤기에 거기에서 나만의 자산이 생긴 게 아닐까?

난 그래서 젊을 때 그렇게 고생을 해봤다는 게 참 고맙다. 난 지금도 내 과거의 힘든 경험들이 최고의 스펙이라고 생각한다.

자녀들에게 공부하라고 하지 말자

＼

몇 년 전 난 가수 지드래곤(G-DRAGON, 권지용)에 대해서 나의 직원들에게 이야기를 들은 적이 있었다. 이 청년이 나이도 그리 많지 않은데 1년에 자기가 만든 곡의 저작권료 수입이 연간 10억 원 이상이나 되고, 패션의 대가로서 수많은 의류회사로부터 자기 회사의 옷을 좀 입어달라고 엄청난 부탁을 듣는다는 말을 들었다. 또한 이 친구는 대학을 나오지도 않았고, 고등학교 중퇴라는 말을 듣고 깜짝 놀랐던 기억이 난다.

그런데 만약 이 지드래곤이라는 친구의 부모님이 다른 부모님들처럼 아들에게 공부만을 강요하고 영어 학원, 수학 학원에 억지로 다니게 하고 4년제 대학에 입학시키려고 노력을 했다면, 정말 그렇게 했다면 지드래곤은 이렇게 훌륭한 재능을 펼칠 수 있었을까?

난 어린 학생들이 공부만 파고드는 것을 반대하는 사람이다. 죽도록 놀아봐야 하고, 수많은 사람을 만나봐야 한다고 생각한다.

또 제일 중요한 것은 어린 나이에 자기의 적성이 무엇인지, 자기가 제일 잘하는 것이 무엇인지를 빨리 파악해야 지금 같은 자본주의 세상에서 성공하는 최고의 지름길이라고 생각한다.

공부? 그것은 박사를 하고 싶은 학생이라든가, 교수를 하고 싶은 학생이라든가, 전문직에 종사하고 싶은 학생이라든가, 아니면 공부를 아주 많이 좋아하는 학생, SKY 대학을 다니며 수재라는 소리를 들을 수 있는 능력이 있는 학생이라면 정말 공부를 죽도록 하면 된다. 그래서 공부로 먹고사는 직업을 택하면 된다.

그렇다면 당신의 자녀는?

당신의 자녀를 자본주의 사회에서 성공시키고 싶다면? 부자로 만들고 싶다면? 공부에 대해서 그다지 특별한 재능을 보이지 않는다면? 그렇다면 당신의 자녀는 지금부터라도 열심히 자기의 적성과 재능을 찾아야 한다. 자기가 정말로 뭘 하고 싶은지, 뭘 정말 잘하는지를 빨리 파악해야 한다.

당신의 자녀가 공부를 해서 꼭 대학을 나와야 하는가?

나도 몇 년 전까지만 해도 대학은 나와야 한다고 생각을 했지만, 지금은 오히려 대학을 나오지 않고도 크게 성공하는 사람들을 참 많이 보게 되더라. 당신은 자녀들을 열심히 놀게 하고, 자녀들과 열심히 대화를 하고, 자녀들의 특징을 살릴 수 있게 도와주는 그런 부모가 되어 보자.

당신의 자녀가 대학을 입학하지 않으면 불안한가? 정말로?

우리가 대학을 다닌 1980~90년대에는 우리나라에서 살아가려면 무조건 대학은 나와야 한다고 생각을 했다. 그래야 취직을 할 수 있었고, 그래야 주변 사람들에게 인정을 받을 수 있었던 게 사실이다. 하지만 지금처럼 이렇게 엄청나게 빠르게 변하는 시기에는 대학을 나와서 직장을 잡는 사람에게 성공의 우선순위가 주어지는 게 아니라, 실제로 현실의 변화에 잘 대응하는 사람만이 성공할 수 있다.

게다가 공부만 해서 대학을 입학하고, 대학에서 공부만 하고 스펙을 쌓는 데 집중한 자녀들에게 그 무슨 창의성을 기대할 수 있을까? 그저 주어진 상황에서 잘 길들여진 그런 자녀에게 창의성을 얼마나 기대할 수 있을까?

지금은, 이 대한민국이라는 자본주의 사회에서는 그저 잘 길들여진 사람을 요구하는 게 아니라 창의적이고 도전적인 사람들을 요구하고 있고, 그런 사람들에게 부富라는 선물이 주어지는 그런 시대다. 그래도 당신이 자녀를 인수분해 잘 풀고, 영어 문법 잘 알아듣고, 수능문제 잘 푸는 암기력이 뛰어난 사람으로 만들어서 좋은 직장에 입사시키고 싶다면 어쩔 수 없다.

그런데 요즘은 서울대학교를 졸업하고도 9급 공무원 시험에 응시한다고 하더라. 당신의 자녀를 정말 이런 사람으로 만들고 싶은가? 공부 잘해서 좋은 대학 입학하고, 대학 4년 동안 죽도록 공부해서 좋은 직장에 입사하는 것! 그게 진정 당신이 자녀에게 바라는 모습인가?

어쩌면 당신이 이 자본주의 시대에서 어떻게 해야 부자가 되는지 모르니 그것을 자녀에게도 적용시키는 것은 아니고? 자녀에게 어떻게 해야 부자가 된다는 확신을 말하지 못하는 것은 아니고? '지금은 공부로 성공하는 시대가 아니다'는 말을 자신이 없어 당신의 자녀에게 하지 못하는 것은 아니고?

시대가 정말 많이 변했다. 나도 지방대를 간신히 입학해서 졸업 후 공기업에서 사회생활을 시작했지만, 내가 만약 지금과 달리 공부만 잘하는 모범생이었다면 지금의 나는 예전에 다니던 공기업에서 열심히 일만 하는 순종적인 사람이었을 것이다. 상사가 시키는 일 열심히 하고, 매달 말에 쥐꼬리만 한 월급을 받는 것에 만족하는 그런 자그마한 사람이었겠지. 지금처럼 무슨 부동산 투자를 하거나, 사업을 하거나 하는 그런 사람이 되어야겠다는 것은 꿈도 꾸지 못했을 것이다.

하지만 난 공부를 잘하지 못해서 이 정글 같은 자본주의 시대에 살아남기 위해 도전정신을 키웠고, 영업이라는 영역에서 최고의 자리에 오르기 위해 목숨을 걸고 고군분투했고, 자본주의 투자의 꽃이라고 하는 부동산 투자에서 큰 성과를 내기 위해 15년 동안 사력을 다해 노력했다.

당신은 당신의 자녀가 쥐꼬리만 한 월급을 받는 안정적인 직장을 갖기를 원하시나? 아니면 뭔가 자기의 재능을 살려 최선의 노력을 다해 뭔가를 해내려는 그런 사람이 되기를 원하시나?

당신의 자녀는 그런 재능과 자질이 없는 아이일 거라고? 그래서 무섭다고? 이건 또 무슨 소리인가? 예를 들어 나라고 처음부터 지금의 이런 자질과 재능이 있었을 거 같은가? 나도 처음에는 얼마나 무서웠는지 모른다. 하지만 사자가 낭떠러지에 몰리면 사력을 다하듯이 나도 스스로 낭떠러지로 나 자신을 몰아세워 더욱더 살아남으려고 피 터지는 노력을 한 것이다.

군인이 전쟁터에서 살아남기 위해 얼마나 많이 노력하겠는가? 당신의 자녀에게도 이런 환경을 제공해주면 당연히 이렇게 된다. 당신이 안 해보고 무서워해서 그런 것이다.

자녀가 공부에 소질이 없으면 그냥 공부 잘하라고 하지 말자. 대신 공부 말고 다른 방법도 많으니 다른 방법에서 성공할 수 있는 방법을 하루라도 빨리 모색해보자.

어떤 연예인은 고등학교를 다니다가 자퇴하고 검정고시를 본 뒤 자기가 하고 싶은 일에 최선을 다해서 지금의 자리에 왔다고 하더라.

맞다. 대학을 꼭 다녀야 하는 것인가? 대학에 입학하기 위해 그렇게 열심히 공부를 해야 하는가? 사회생활에서 하나도 써먹지도 않는 그런 공부를 말이다.

또한 학교에서 뭘 얼마나 배우는데? 그저 학교 폭력 때문에 시끄럽고, 교사 같지 않은 교사들 때문에 얼마나 말들이 많은가? 학교교육이 예전처럼 전인교육을 하는 곳이라는 둥 진정한 사람을 만드는 곳이라는 둥 어처구니없는 말은 하지 말자.

만약 내가 지금 고등학생이라면 난 하루라도 빨리 자퇴를 하고 검정고시를 준비할 것이다. 그리고 바로 검정고시에 합격한 뒤, 돈을 어떻게 해야 빨리 벌게 되는지를 알기 위해 현장에서 열심히 구를 것이다. 돈의 성격을 알고자 노력할 것이고, 그 돈의 성격을 알고 난 뒤에는 나만의 사업을 할 것이고, 그런 것들을 통해 자본주의라는 정글에서 살아남는 법, 부자가 되는 법, 사람을 다루는 법 등을 더욱더 많이 알려고 노력할 것이다.

당신도 잘 한번 생각해보라.

지금은 수재秀才들이 돈을 버는 시대가 아니다

내가 예전에 학교를 다닐 때, 사회생활을 시작할 때는 SKY 대학을 나오거나 외국 유학을 다녀올 정도로 공부를 아주 특출하게 잘한 사람들과 변호사, 의사, 회계사처럼 좋은 자격증을 가진 사람들을 보면 주눅이 들었다.

맞다. 정말 심하게 주눅이 들었다. 공부를 잘한 사람들과 내가 비교 자체가 되지 않는다고 보았기 때문이다. 내가 그들보다 월등히 못나 보였다. 지금 생각해보면 이게 얼마나 잘못된 생각인가 싶다.

난 30대 중반에 돈과 관련된 일을 하면서부터 돈이 많은 사람들, 실제로 부자로 살아가고 있는 사람들, 사업으로 성공한 사람들을 만나면서 경제적으로 부자가 된다는 것은 공부를 특출나게 잘하는 능력이 필요한 것도 아니요, 엄청난 학벌이 필요한 것도 아닐뿐더러 배경이나 고급 자격증도 도움이 되지 않는다는 것을 깨닫게 되었다. 자본주의 사회에서 부자가 되는 건 그저 평범한 일반 사람과 경쟁을 하는 것이지 그런 특출 나고 엄청나게 머리가 좋은 사람들과 하는 게 아니라는 것을 알게 되었다.

예전에 학교에서 그렇게도 공부를 잘한다며 수재라는 소리를 듣던 그 사람들은 지금 어디에 있을까? 그 사람들 중 어떤 사람은 학교 교수로 일하고 있거나, 연구소에서 일하고 있거나 법조계 아니면 의사, 아니면 대기업에서 죽도록 일에 몰두하고 있다.

지금 같은 자본주의 사회에서 부자가 된다는 것은 현장에서 돈이 어디에서 어디로 흘러가는지를 잘 알아야 하는 경우도 있고, 인터넷을 통해 창의적인 생각으로 막대한 돈을 버는 경우도 있고, 남들이 하기 싫어하는 일을 통해서 큰돈을 버는 경우도 있다. 내 경우 부동산 전문가가 되기 위해 부동산 현장을 돌아다니거나 돈의 흐름을 알기 위해 돈이 움직이는 여러 곳을 숱하게 돌아다니는 게 부자가 되기 위한 지름길이었다.

또한 성공한 많은 사람들을 만나보면 대부분 그들이 존재하는 현장에서 잔뼈가 굵고 그 현장에서 경험이 많은 사람, 그 경험을 바탕으로 사업을 운영하는 사람, 수없이 많은 사람을 만나 노하우를 얻은 사람 등등이었다. 즉, 성공의 원동력은 바로 현장에 있더라는 것이다.

그런데 그 수재라고 불렸던 사람들은 대부분 자기의 현재 일에 치여 다른 것에는 신경도 못 쓴다.

얼마나 다행인가? 당신의 자녀가 부자가 되기를 바란다면 이런 수재들과는 경쟁하지 않는 곳에서 뛰어다니게 해야 한다. 나처럼 놀기 좋아하고 공부 싫어하는 사람에게는 얼마나 다행스러운 일인가? 내가 천재가 아닌 보통 사람이기 때문에 교수나 변호사나 의사와 경쟁할 일은 없지 않겠는가?

당신의 자녀들이 나중에 사회에 진출하게 되었을 때 부자가 되는 게임은 바로 보통의 사람들과 하는 것이다. 그러니 얼마나 다행이냐는 말이다. 난 이 사실을 생각하면 기뻐서 춤이라도 추고 싶다.

잘 생각해봐라. 공부에 천부적인 소질을 가진 수재들은 모두 당신 또는 공부에 별 소질이 없는 당신의 자녀들과 다른 세상에 있다. 당신의 자녀가 성공을 하고자 하면 그저 보통의 평범한 사람들과 경쟁하고 거기에서 좀 특출나면 되는 것이고, 그 영역에서 열심히 집중해서 노력하며 많은 경험을 쌓으면 되는 것이다. 얼마나 기쁜 일들인가? 어쩌면 학교 다닐 때보다도 더 쉽게 성공할 수 있다는 이 사실이 너무나도 기쁘지 않은가?

SKY 대학을 나온 수재들과 경쟁하는 것도 아니요, 공부를 아주 잘하는 박사들과 경쟁하는 것도 아니요, 전교 1, 2등을 다툴 정도로 천재들과 경쟁하는 게 아니다. 그저 지극히 평범한 보통 사람들과 경쟁해서 그들보다 특출한 능력을 발휘하면 되는 것이다. 그러니 자본주의 사회에서 성공을 한다는 게 학교에서 공부로 경쟁하는 것보다 월등히 쉽다는 것을 알아야 한다.

물론 부자가 된다는 것은 어쩌면 다른 사람들과의 경쟁도 중요하겠지만 정작 중요한 것은 매일 자기 자신과의 싸움에서 이기는 것이다. 하지만 이렇게 경쟁이 치열하지 않은 곳에서 성공과 쉽게 만날 수 있다는 게 얼마나 좋은 현실인가?

당신의 자녀를 무식하게 만들자

＼

나는 부동산과 관련된 일을 하기 때문에 그동안 부동산 부자들을 많이 봐왔지만, 그분들 중에서 SKY 대학을 나온 분들은 아직 만나보지 못했다. 학력이 고졸인 분들도 많고, 나처럼 이름 없는 지방대학을 나온 분들이 많더라. 또한 수년 전 보험설계사 생활을 했을 때 사업을 크게 하는 사장님들 또는 부자로 사는 사람을 수차례 보았지만 그중 학벌을 아주 좋은 분들은 거의 보지 못했다.

한번 볼까? 좋은 머리에 좋은 대학을 졸업한 사람들은 지금 어디에 있는가?

대부분 대기업에서 밤낮 가리지 않고 열심히 일하고 있고 전문직으로 법원에서, 병원에서 열심히 일하고 있다. 하루 온종일 쉴 시간도 거의 없을 정도로 일한다. 우리 회사 전속 변호사도 매일 밤늦게까지 소장을 쓰느라 얼마나 바쁘게 사는지 모른다. 이런 사람들은 자기 일에 정신이 없어 나처럼 부동산 투자를 위해 현장에 한

번 나가기도 힘들다.

이런 사람들은 시간을 내서 현장을 다니기가 힘드니 그 대신 인터넷으로 얻은 정보를 통해서 주식이나 펀드에 투자를 한기도 한다. 그런데 재미있는 것은 이런 사람들이 주식이나 펀드로 돈을 벌었느냐 하면 아니다. 내가 아는 의사들 중에는 주식에 투자를 해서 큰돈을 잃은 사람들도 많다.

내가 생각해봐도 난 그리 머리가 좋지 못하다. 많이 무식하다고 해야 할까. 학교 다닐 때 공부는 나와 영 맞지 않았다. 그때는 아버지께 정말 많이 혼났다. 멍청하다고. 공부를 너무 못한다고. 하지만 어쩌랴, 내가 그렇게 태어난 걸.

그런데 내가 이렇게 머리가 좋지 않고 다소 무식하다 보니 전문직으로 일할 수 있는 능력을 가진 것도 아니지만, 그 대신 성공하고자 하는 열의가 남들보다 워낙 높았다. 그래서 어떻게 하면 나도 크게 성공을 할 수 있을까 고민하고 고민한 끝에 보험 영업 현장과 부동산 현장에서 돈을 버는 방법을 결국 택한 것이다. 난 위에서 말한 사람들처럼 인터넷에서 굴러다니는 정보를 가지고 투자한 게 아니라 내가 직접 현장에 가보고, 듣고, 배우고 해서 정보를 취득한 것이다. 내가 무식하니 어쩔 수 없이 현장에 가서 확인을 해보는 것 외에는 방법이 없었다.

그렇게 수없이 현장을 방문하고 또 방문한 뒤 현장에서 나만의 돈 버는 방법을 깨우쳤고, 나만의 투자 방식을 취했고, 또한 그러면서 많은 실패를 해봤고, 그런 이후에 많은 것을 보고 느끼고 배우게 되면서 그것이 나만의 노하우로 축적이 되더라. 그렇게 난 직접 현장에 가보고, 땅과 건물을 만져보고, 나의 두 눈으로 직감을 하고, 많은 사람을 만나고 교류하면서 배우고 느끼고, 거기에서 성공의 길을 찾았다.

난 내가 어릴 때부터 무식한 대신 성공에 대한 열의가 아주 크고, 도전정신이 투철하고, 행동력이 엄청나다는 것에 대해 너무나도 감사한다. 자본주의 사회가 발전하면 발전할수록 공부를 잘했던 똑똑한 사람이 필요한 게 아니라 오히려 나처럼 성공에 대한 열정이 강하되 무식하게 현장에서 움직이고 구르는 사람들이 부자가 될 확률이 크다.

지금 이 글을 읽는 당신이 부모라면 당신의 자녀를 의사나 변호사처럼 전문직으로 키우는 게 좋다고 생각한다면 어쩔 수 없지만, 정말 자녀를 부자로 만들고 싶다면 현장에서 움직이는 일을 하게 하자.

예를 하나 들어보자.

내가 아는 인테리어 회사 대표가 있다. 이제 나이가 겨우 35세다.

그런데 이 대표의 인테리어 작업량도 어마어마하지만, 매출도 감히 상상할 수 없을 정도여서 놀랐다. 난 이 인테리어 대표에게 물었다. 어떻게 이렇게 젊은 나이에 크게 성공하게 되었느냐고.

인테리어 대표는 자기에 대해서 말해주었다. 자기 아버지는 광주광역시에서 아주 큰 사업을 한다고 하시더라. 이 인테리어 대표는 어릴 때부터 건축에 관심이 많아 지방에 소재한 어느 대학의 건축공학과에 입학을 하였다. 그런데 이 대표의 아버지가 자기에게 건축공학과를 졸업하면 무조건 사업을 하라고 시켰다더라. 직장에 취업할 생각 하지 말고 무조건 자그마한 사업이라도 해야 한다고. 그렇게 사업을 하라 했으니 아버지가 사업 자금을 도와줄 것으로만 생각했단다. 그런데 아버지는 한 푼도 도움을 주지 않았고, 오히려 남의 일처럼 계속 무관심했다고 한다.

대학을 졸업하고 인테리어 사업을 하는데 다행스럽게도 처음에는 잘되었단다. 그런데 사업을 시작한 지 2~3년 정도 후 도중에 문제가 생겨 10억여 원을 며칠 안에 갚지 않으면 폐업을 해야 할 지경까지 갔었단다. 너무나도 급한 나머지 그 당시 아버지에게 도움을 요청했는데, 아버지가 이렇게 말씀하셨단다.

"네 사업이니 네가 알아서 해라. 돈을 못 갚아서 교도소를 가야 한다면 가야지! 무조건 네가 알아서 해! 절대 아버지에게 이런 부탁 같은 거 하지 마라. 네가 벌인 일은 무조건 네가 처리해!"

인테리어 대표는 당시 아버지의 말을 듣고 바로 정신을 바짝 차리게 되었다고 한다. 그래서 채무자를 간신히 설득해 그 10억을 죽을 각오로 일하면서 돈을 버는 대로 바로바로 갚게 되었단다. 그때 그렇게 신뢰를 간신히 지키는 모습을 보고 지금까지 많은 인테리어 협력사 사장들이 자기 사업을 열심히 도와주어 오늘의 이 자리에까지 왔다고 한다.

그러면서 지난 수년 동안 현장에서 어려운 일도 많이 겪고, 많은 협력사 사장들과의 관계에서 얻게 된 경험들 때문에 지금의 큰 성공을 이룬 것이라고 나에게 말을 하더라. 또한 회사가 크게 힘들 때 아버지가 도와주시지 않은 것이 얼마나 감사한지 모르겠다며, 그때 아버지가 도와주셨다면 지금의 자신의 능력과 자생력은 없을 거라고 하더라.

당신은 이 내용을 보고 무엇을 느끼는가? 부디 당신의 자녀를 현장에서 배울 수 있게 하자. 현장에서 직접 부딪치고 많은 것들을 경험할 수 있게 하자. 머리가 좋아 사무실에서 펜대나 굴리는 일을 하는 사람들은 절대로 크게 성공하기 힘들다.

당신의 자녀를
비상식적으로 만들자

나는 상식적인 것을 싫어한다.

나에게 부동산 투자 및 성공학 강의를 받는 분들은 여러 분야에서 오시지만 그분들 중에도 의외로 학력이 높고 지극히 상식적인 분들도 종종 있다. 난 강의에서 내가 가지고 있는 투자의 노하우와 나만이 가지고 있는 실로 상식적이지 않은 그동안의 숱한 경험들, 보통 사람은 생각하기 힘들 만큼의 다양했던 인간관계 등을 말한다. 하지만 이상하게도 학력이 높고 이성적인 분들일수록 나의 말을 잘 믿지도 않고 내가 어떻게 해보자고 해도 잘 따르지 않는다.

그분들은 나의 말에 계속 따지고 계산하고 다시 또 따지고 계산만 한다. 무슨 행동을 하지 못한다. 시간이 지나도 계속 따지기만 한다. 내가 해냈던 것처럼 새로운 기적, 새로운 인생을 만들어보자고 아무리 말을 해도 그분들은 여전히 따지고 또 따지고 또 계산만 한다.

학교 교육의 문제일까? 그들은 그저 교과서로만 공부를 해왔고, 그 안에서만 생각을 하고, 세상의 모든 것을 그저 상식이라는 프레임 안에서만 생각하는 사람들이다. 그런 사람들에게 나의 성공 스토리와 강의는 어쩌면 비현실적이고 상식적이지 않기에 그들은 나를 따라 하지 않고 오히려 나를 이상한 사람으로 쳐다보더라.

스티브 잡스나 마크 저커버그, 손정의, 정주영이 모두 상식적인 사람들일 것 같은가? 그들은 지극히 비상식적인 사람들이고 그들만의 창의적이고 도전적인 면 때문에 어마어마한 성공을 이루었다. 그들이 큰 사업체를 만듦으로써 수많은 사람이 일자리를 얻게 되었고, 그로 인해 그들은 헤아릴 수 없을 만큼의 부富를 만들어냈다.

그렇다면 당신의 자녀가 성공하려면 비상식적이고 새로운 면, 즉 창의적인 면으로 승부를 봐야 하지 않겠는가? 그저 지금까지 해온 상식적인 생각, 상식적인 행동으로 그 무엇을 이룰 수 있겠는가?

난 분명히 말한다. 공부만 잘한다고 해서 성공하는 시대는 이미 끝났다고. 그런 사람들의 세상은 1980~90년대에 전성기를 맞았고, 지금은 이미 끝났다.

당신의 자녀가 성공을 하려면 비상식적인 것에서 길을 찾아야 하고, 거기에서 새로운 결과가 나오게 된다고 난 본다. 공부 잘하는 사람들의 그저 계속 따지고 분석만 하는 태도, 자기 상식에 맞아야만 하는 그런 태도는 어쩌면 부자들에게는 고맙게 느껴질 것이다. 그들이 그렇게 상식적으로 계산만 하고 따지기만 하며 멈추고 있을 때 성공하는 사업가들은 비상식적인 도전정신으로 계속 움직이고 있는 것이고, 그들이 그렇게 잠자코 있을 때 성공하는 사업가들은 강력한 경쟁자 없이 열심히 뛰어다니는 것이니까.

당신의 자녀를 부자로 만들고 싶다면? 제발 상식적인 사람이 아니라 비상식적인 사람으로 키우자. 아주 창의적이고 도발적이고 도전적인 사람으로 키워보자.

자녀를 방치해야 한다

＼

자녀들을 열심히 학원에 보내는 부모들이 있다. 내 주변에도 자녀가 공부를 잘하도록 한 달에 사교육비로 수백만 원을 쓰는 분들이 있더라. 또한 자녀들이 고등학교를 졸업하고 대학에 진학하는데도 계속 간섭하고 조정하는 부모들 또한 있더라.

이렇게 되면 자녀가 정말 잘 자랄까? 자녀들이 정말 성공하는 인생을 살게 될까?

난 사교육을 정말 반대한다. 내가 경험해 봐서 안다. 난 예전부터 그리 공부를 좋아하지 않았다. 내가 뭘 좋아하는지도 잘 몰랐고, 뭘 하고 싶은지도 잘 몰랐다. 그것에 대해 생각할 시간조차 나에게 주어지지 않았던 것 같다.

학창시절 나의 아버지는 아들인 나의 공부에 대한 열의가 워낙 많으셔서 나를 쉬지 않고 학원을 보내셨다. 수학학원, 태권도학원, 영어학원 등등. 내가 그 학원에 가서 열심히 공부했을 것 같은가? 공부에 그다지 열의가 없던 나는 그 시간 동안 수업에 집중하지 못하고 딴생각만 했다.

만약 내가 그 시간에 가기 싫었던 학원을 다니지 않고 내가 하고 싶은 게 무엇인지 빨리 찾아서 거기에 도전했더라면 어땠을까? 난 어린 꼬마들은 학원을 보내지 말고 놀이터로 보내야 한다고 생각하는 사람이다. 놀이터에 가서 많은 아이와 놀아보고, 그 아이들과 대화를 해보면서 사교력도 배우고, 그 아이들이 뭘 생각하고 있는지 느끼기도 하고 서로 다투기도 하면서 자기가 어떤 것을 잘하고, 어떤 것을 하고 싶어 하는지 찾아야 한다고 본다.

그러고 나서 자기 자녀가 정말 하고 싶은 것을 배우기 위해 학원에 보내달라고 할 때 그때 그 학원을 보내주면 효과는 백배천배다. 그런데 부모의 강압으로 억지로 보내게 되면 귀한 돈만 낭비하는 거 아니겠는가?

내 주변 부모 중에는 아이에게 어떤 재능이 있는지도 모른 채 그 비싸다는 영어유치원에 보내는 사람이 있더라. 주변의 부모들이 자녀를 그곳에 보내니 그 사람들에게 뒤지지 않기 위해서라도 어쩔 수가 없단다.

정말 그게 자녀를 위한 것일까? 그렇게 공부를 못하던 나도 중학교 졸업할 때쯤 우연히 내가 좋아하는 배우 맥 라이언과 톰 행크스가 나오는 영화를 보면서 갑자기 영어를 잘하고 싶다는 욕구가 커져서 그제야 영어 공부에 매진했는데, 그 이후부터 영어성적만은 항상 학교에서 상위권이었다. 그전까지는 아무리 영어학원을 다녀도 성적이 오르지 않았는데 말이다.

만약 내가 어릴 때 영어유치원을 다녔다면 영어를 정말 잘했을까? 그건 완전히 돈 낭비다.

20세가 넘으면 성인이다. 성인은 자기의 행동에 책임질 나이가 된 것 아니겠는가? 그런데도 부모가 아직도 20세가 넘은 자녀를 간섭하는 경우를 난 많이 본다. 그러면? 자녀들 버린다.

자녀들이 20세가 넘었다면 그때부터는 혼자 독립적으로 행동하고 사고하고 판단할 수 있게 만들어줘야 한다. 이왕이면 용돈도 주지 말고 자녀들이 돈을 벌어서 용돈을 충당하라고 해야 하고, 나가서 많은 사람을 만나보라 해야 하고, 집에서 나가서 살아보게 해야 한다. 무슨 결정을 할 때도 부모에게 물어보지 말고 혼자서 판단하고 행동하게 해서 그 결과를 책임질 수 있게 해야 한다.

그런데 자녀가 20세가 넘었는데도 그저 부모의 기준에 맞춰서 행동하라고 하면 그 자녀가 공부나 하는 기계 같은 사람, 그저 부모의 말에 잘 따르는 로봇 같은 사람이나 되지 다른 뭐가 되겠는가?

안 그런가? 정말 그런 기계와 로봇 같은 자녀를 원하는가?

난 많은 젊은이에게서 너무나 획일적이고 상식적이고 창의성이 없는 모습들을 수없이 본다. 모두 다 똑같은 인조인간 같더라는 거다. 그저 공무원이라고, 대기업 다닌다고 좋아할 뿐이지 철학이나 경제적 마인드 또는 크게 성공하고야 말겠다는 어떠한 자기 자신만의 기준이 없더라는 것이다. 게다가 요즘 젊은 사람들에게서는 도전정신 같은 것을 거의 보기가 힘들다. 너무나도 안타까운 생각이 든다.

그런 사람들이 정말 이 자본주의 사회에서 잘살 것 같은가? 산업화 시대에는 좋은 직장만 다니면 잘살 수 있었는지도 모른다. 좋은 직업, 즉 전문직에 종사했다면 아주 크게 돈을 벌었을 것이다.

하지만 지금이 어떤 시대인가? 지금은 자기 자신만의 무기가 없다면, 자기 자신만의 철학과 창의성, 도전정신이 없다면 잘살기 힘든 시대가 되었다. 또한 지금은 자기 자신만의 개성과 재능으로 죽을 때까지 엄청난 돈을 벌 수 있는 시대가 되었다. 그런 개성과 재능이 자신을 큰 부자로 만들어주기도 한다.

하지만 일반 직장인으로 산다면 절대 부자가 될 수 없다는 것, 노예적 삶을 살 수밖에 없다는 것도 알아야 하지 않겠는가?

어떤 부모는 자녀가 취업을 했는데도 그 자녀의 월급을 관리해주더라. 정말 너무나도 한심한 부모들이다. 자녀를 완전히 새장 안의 새로 만들려는 그런 부모들!

자녀가 그 월급을 어떻게 쓰든 말든 그건 상관을 해서는 안 된다. 자녀가 취업을 했으면 그때는 아예 정을 끊어야 한다. 자녀가 새로운 세계에 진입했고, 돈을 벌기 시작했고, 새로운 인생의 시작을 하는 거 아닌가? 자녀의 나이도 20대 중반을 넘었을 텐데 말이다.

자녀가 고등학교, 대학교를 졸업하게 만들어주는 것까지가 부모가 할 덕목이자 의무다. 그 이후까지 부모가 자녀를 간섭한다고? 자녀의 돈을 관리한다고? 그렇게 하는 것은 당신 자식을 바보로 만드는 지름길 중 최고의 지름길이다.

자녀를 방치하자. 자유롭게 놔두자. 그들이 수없이 많은 이성을 만나 놀러 다니든 모텔에 가든 그냥 놔두자. 그렇게 수없이 많은 이성을 만나봐야 나중에 정말 괜찮은 배우자를 만날 수 있다. 대신 피임만은 잘할 수 있게 가르치자. 괜한 실수로 아이를 가져 평생 인생을 힘들게 살 수도 있으니.

당신의 자녀가 다른 많은 사람과 술자리를 갖게 하자. 그렇게 많은 술 경험과 대면 경험이 나중에 사회생활을 하는 데 엄청난 도움을 준다.

사람들과 많이 다투게 하자. 그래야 나중에 처세술도 알게 되고 화해하는 법도 알게 되는 거 아니겠는가?

그런데 대학생활을 하면서 그저 도서관에서 공부만 하고 학점관리만 하는 사람이 세상이 어떻게 돌아가는지 알겠는가? 어떻게 해야 세상에서 인정을 받고 부자가 되고 하는 것은 사람과의 관계에서 나오는 것이지 대학교재나 교과서에는 절대 나오지 않는다는 것을 알아야 하지 않겠는가?

그래서 난 지금 세대의 우리 부모가 빨리 바뀌어야 한다고 생각한다. 세상은 변했다. 예전과 같이 공부만 잘하는 사람이 인정받는 시대는 이미 지났다. 자녀들이 공부를 못해도 개성과 능력만 충분하다면 의사, 변호사보다 훨씬 많이 돈을 버는 시대가 되었다는 것이다.

제발 자녀들을 놔두자.

그들이 수없이 많은 혹독한 경험을 하게 도와주자. 술도 진탕 먹으라고 하고, 수많은 이성을 만나라고 하고, 많은 이성과 섹스도 하라고 하고, 수많은 친구와 선배, 동창들을 만나라고 하자. 많이 다투기도 하고, 여행도 많이 다니라고 하자.

돈을 벌기 위해 아르바이트도 하게 하되, 절대 그 돈에 대해서는 간섭하지 말자. 자녀가 돈에 대해 관심이 많으면 나처럼 부동산을 배우러 여러 지역에 다녀오라고도 해보자. 공부는 조금만 하고, 현장에 나가서 열심히 놀라고 하자. 그렇게 노는 현장에 세상을 살아가는 방법, 부자가 되는 방법이 널려 있으니.

다시 말하지만, 난 학교 도서관에서 공부한 것이 인생에 하나도 도움이 되지 않았다. 그저 그 시절 공기업에 입사하는 데 도움이나 되었을까? 그 대신 난 운동장, 술판, 노동 현장, 데모 현장, 사람들과의 싸움판, 부동산 현장 그리고 수많은 책들에서 나의 인생에 큰 도움이 될 것들을 배웠다. 그리고 수없이 많은 사람을 현장에서 만나면서 부자가 되는 방법을 알게 된 것이다.

그런데 내가 만약 열심히 공부만 하는 사람으로 계속 남아 있었다면? 결과는 내가 주변에서 수없이 보고 있는 자본주의 사회의 노예처럼 나도 살고 있으리라.

진짜 교육은 학교를 마치고 나서부터

나는 고등학교를 졸업할 때까지 학교에서 도대체 뭘 얼마나 배웠는지 잘 모르겠다. 영어는 잘 배웠다고 치자. 하지만 수학이나 국어, 물리, 생물, 그리고 또 뭐가 있을까. 아무튼 그 많은 공부를 했지만 사회에 나와서 써먹는 것은 거의 없다. 정말 아무리 생각을 해봐도 없다.

내가 부자가 되고 회사를 운영하는 데 인수분해를 해서 된 것도 아니요 무슨 루트나 행렬 등도 전혀 이용한 적이 없다. 그저 더하기, 빼기, 곱하기 정도나 이용했을까?

그 대신 난 대학을 졸업하고 사회에 나와서 공기업에 입사한 이후 더욱더 크게 성공하고 큰 부자가 되고 싶어 사람이 살아가는 처세에 대해서 공부를 했고, 협상에 대한 공부를 했고, 부동산에 대해서 공부를 했고, 돈의 흐름과 그 성격에 대한 공부를 했고, 부자들의 생각과 행동에 대한 책을 수없이 많이 읽고 그것을 나의 삶에 그대로 적용시켜 살아왔다.

난 지금도 느낀다. 진짜 교육은 학교에서 받는 교육이 아니라 학교를 졸업한 이후 사회에서 이루어지는 많은 관계 속에서 이루어지는 거라고.

나의 주변에는 아직도 자녀들에게 학벌과 학위를 강요하는 그런 부모들이 너무나도 많더라. 아무리 당신의 자녀가 좋은 학위를 가져 봐라. 당신과 당신 자녀에게 일시적으로 위로가 될지는 모르겠다만, 그것이 당신의 자녀가 성공하거나 부자가 되는 것에 대해서는 이제 별로 상관이 없다는 것을 알아야 한다. 어쩌면 큰 부자가 되는 것과는 더 멀어지게 되는 것인지도 모른다.

학벌이 아주 높은 사람들은 자존감이 부질없이 높아서 남의 이야기를 잘 들으려 하지 않는다. 오히려 내가 참여하고 있는 이곳 부동산 시장에서는 학력이 높은 사람들, 박사 같은 사람들이 부동산을 구입하러 오면 그 사람을 두고 "봉이 왔다"고들 한다. 호구로 취급한다는 말이다. 부동산업자들의 먹잇감이 되는 것이다. 평생 공부만 해서 아무것도 모를 거라고 생각하고 먹잇감을 다루듯 하는 부동산업자들이 아주 많다.

진정한 교육은 학교를 졸업하고 나서부터 이루어진다. 졸업 후 당신 자녀들의 경험, 처세, 돈과 관련된 공부가 더욱 중요하다.

또한 당신의 자녀에게 더욱 중요한 것은 바로 사람이다! 성공의 여러 요인 중 하나는 당신의 자녀 주변에 어떤 사람이 있느냐, 어떤 사람을 만나고 있느냐는 것이다. 당신의 자녀 주변이 비리비리한 사람들로만 가득하다면 당신의 자녀도 그런 사람이 되기 쉬울 것이다. 그래서 사람들이 성공을 하면서 더 성공한 사람들과 인연을 맺으려고 노력하는 게 아니겠는가?

그러니 당신의 자녀에게는 나중에 부디 공부만 잘하는 사람을 만나지 말고 사업을 해서 성공한 사람이라든가 어떤 특출한 재능을 가진 사람, 자기 자신만의 사업 영역을 구축해 나가는 사람들을 만나라고 하자. 그래서 그 사람들의 모든 것을 다 배우게 하자. 그래야 자녀의 인생이 성공으로 진입하는 것이다.

성공은 절대 혼자만의 힘으로 되는 게 아니라 주변 사람들의 도움으로 되는 것이기에….

간판이 당신 자녀의 미래를 죽인다

＼

몇 년 전 내 아들이 뭔가를 심각하게 고민하더라. 고민이 뭐냐고 물어보니 자기가 이번 수능에서 서울에 있는 대학교에 입학할 수 있게 되었는데, 자기는 대학에서의 공부보다는 너무나 하고 싶은 게 패션공부여서 패션학교에 들어가고 싶다는 거다. 정식 대학교가 아닌 패션학교에 입학하자니 나와 와이프가 크게 화낼 게 뻔하고, 그렇다고 대학을 들어가자니 자신의 꿈과 멀어지는 것 같아서 고민이 크다고 하더라.

난 아들의 그 고민을 듣자마자 바로 말했다. 패션학교에 들어가라고.

"4년제 대학? 그것도 서울 안의 대학을 나오면 너의 인생을 그 대학교라는 간판이 보장해주니? 너는 패션을 공부하고 싶은데 포기하고 그냥 대학에 들어가면 토익점수를 따야 하고, 학점을 올려야 하고, 어학연수도 다녀와야 하고 남들이 하는 공부 같은 것들을 억지로 해야 해. 그런 인생을 생각해봐!"

그리고 이런 이야기도 해주었다.

"네가 하고 싶은 일을 하게 되면 그 일이 아무리 힘들어도 재미있을 거다. 그런데 네가 하고 싶지 않은 일을 그저 간판 때문에 억지로 하게 된다면 넌 네 인생에서 그 시간을 잃는 것이요, 너의 인생의 주인은 네가 아니라 다른 사람이 너의 주인이 되는 거다."

패션학교에 가서 네가 하고 싶어 하는 일에 미쳐보라고 했다. 그러면 더 큰 길이 열릴 테니 남들이 따라올 수 없을 정도의 최고의 전문가가 되라고 조언했다.

아들은 그때 중대한 선택을 하게 되었다. 나와 대화를 한 후 많이 고민한 끝에 주변의 선배들과 친구들, 선생님의 4년제 대학에 가라는 말을 무시하고 자기가 가고 싶은 패션학교에 들어갔다.

그 이후로 내 아들이 학교를 다니며 살아가는 모습은 여느 대학생과 비교할 수 없을 정도로 도전적이고, 1분 1초가 모자랄 정도로 열심히 살고 있으며, 그 어느 누구보다도 자신감과 자존감이 월등히 높아진 것을 쉽게 느낄 수 있다. 그 모습을 보면서 난 대학에 보내지 않기를 참 잘했다고 생각한다.

삼성에 다니는 내 친구가 있다.

삼성에 다닌다는 자부심이 실로 대단했다. 완전히 무슨 고시 출신처럼 행동했다. 그런데 이 친구가 이제는 점점 퇴직을 걱정하더라. 그렇게 의기양양하던 친구가 지금은 퇴직 걱정을 크게 하더라는 말이다. 그렇게도 믿던 삼성에서 자기한테 나가라고 한단다. 이제 겨우 40대 후반인데 말이다.

삼성이라는 간판에 취해 있던 이 친구는 지금 삼성에게서 버림을 받고 있다. 이 친구는 삼성이라는 대기업이 자신을 언제까지 책임져줄 거라 생각했을까?

지인들 중에 공무원이 있다.

이 지인들은 60세까지 퇴직 걱정을 안 해도 된다고 안심한다. 그런데 정말? 요즘 같은 세상에서, 정부의 적자가 어마어마한데 그 상태에서 계속 공무원만은 철밥통으로 남을 거 같은가? 분명이 화살이 이들에게로 다가오게 된다는 것을 알아야 한다. 또한 이들은 이렇게 아무 걱정 없이 살다보면 실제로 60세 이후에는 할 줄 아는 게 아무것도 없는 무능한 상태로 노후를 보내야 한다. 그렇게 산다면 그게 올바른 인생인가?

난 이렇게 생각하는 공무원들을 보면 이보다 더 바보가 없다고 생각한다. 공무원인 그 지인들에게 언제 닥칠지 모르는 퇴직의 위험에 대비해야 하고, 향후 또 다른 직업을 준비해야 하지 않겠냐고 조언해도 그들은 오히려 나에게 자기들을 부러워해서 하는 악담이라고들 하더라. 이 얼마나 바보 중의 바보란 말인가?

나의 아버지의 예를 하나 들어보자.

아버지는 초등학교 교장선생님으로 은퇴하셨다. 퇴직할 때는 화려하셨다. 워낙 교육계에 당신의 모든 것을 헌신하셨기에 그것을 인정받으셔서 퇴임식도 성대했고, 수많은 동료와 후배들이 환영해 주었다. 하지만 그것도 하루 이틀뿐!

그다음 날부터 아버지는 주변에서 할 일을 찾아 다녔다. 교사 이외의 일은 한 번도 해본 적이 없으셨기 때문에 많은 직업상담소에 들러 사무직 직업을 알아봤지만 수년 동안 일을 구하지 못했다.

이렇게 계속 아무리 노력해도 일을 구하지 못하자 아버지는 주유소에서라도 일해보겠다고 살고 계신 지역과 그 밖의 지역에 있는 주유소를 수없이 돌아다녔지만, 그 어느 곳에서도 나이 드신 분을 쓸 수는 없다는 대답뿐이었다. 아무리 보수를 받지 않고 일을 해주겠다고 해도 모든 주유소가 다 거부했다고 하더라.

아버지는 퇴임 후 돌아가실 때까지 하릴 없이 무료하게 지내시면서 살면서 가장 힘든 것 중 하나가 '고독고孤獨苦'인 것 같다고 자주 말씀하셨다.

원숭이도 자기 미래를 위해 바나나를 준비한다고 하던데, 어찌 이런 사람들은 머리가 거기에서 멈추는 것일까? 그놈의 공무원, 대기업이라는 간판이 그 사람의 인생을 망친 것이다.

당신의 자녀에게도 간판을 벗어버리게 하자. 그 대신 당신의 자녀에게는 자신만의 무기를 만들고 경쟁력을 기르고 자기가 하고 싶은 일에 도전하라고 시키자. 그리고 그 일에 있어 최고가 될 수 있게 지원하자.

당신의 자녀가 어떠한 일에 최고가 되어보면 안다. 당신의 자녀에게 한 번도 예상하지 못한 새로운 세상, 새로운 기적이 펼쳐진다는 것을.

간판이 그 사람을 말해주던 시대는 이미 끝났다. 당신 자녀의 미래를 책임져주는 것은 국가도 아니요 대기업도 아니다. 그저 자신밖에 없다는 것을 빨리 깨달아야 한다.

당신의 자녀가 진정 하고 싶은 일을 빨리 찾아야 하고, 국가와 대기업이 책임져주지 않는 노후를 어떻게 준비해야 할지 빨리 해결책을 구해야 하며, 자신의 경쟁력을 하루라도 빨리 길러야 한다.

아직도 자녀에게 공부 열심히 해서 공무원, 대기업에 들어가야 한다고 주장하는 사람들을 보면, 노량진에서 그 수많은 젊은이가 공무원 시험에 합격하기 위해 책상 앞에 파묻혀 있는 모습을 보면, 대기업 입사시험에서 스펙에 도움이 된다는 이유로 외국에 해외연수를 가는 사람들을 보면, 토익점수를 높이려고 그렇게 영어공부에 매진하는 모습을 보면 난 그저 한숨만 나온다.

세상이 이렇게도 빨리 변하는데 그들은 여전히 1970~80년대의 생각 속에 파묻혀 있으니 말이다. 세상에는 너무나도 할 일과 도전할 수 있는 일들이 많은데 말이다. 세상에는 돈을 벌 수 있는 일들이 어마어마하게 많은데도 말이다.

당신의 말에
복종하지 말게 하자

자녀가 부모인 당신 말에 복종하는 것은 일종의 미덕일 수 있다. 그게 조선시대까지라면 정말 그럴 수 있다. 자녀로서 부모의 말에 절대 복종하는 것이 큰 미덕으로 여겨져온 게 사실이니까. 하지만 당신의 자녀가 성공하려면 지금은 절대 그러면 안 된다고 난 생각한다.

시대가 얼마나 빨리 지나가고 있는가?

직업만 해도 당신이 살아왔던 그 시대와는 완전히 다른 수많은 직업들이 생겨났고 그럼으로 인해 부모인 당신이 생전 들어보지도 못한 그런 직업이 허다하다.

그런데 만약 당신이 생각하는 좋은 직업을 자녀들에게 강요한다면 자식은 인생을 어떻게 살 수 있을까? 부모인 당신의 말이 옳을 때가 많겠지만, 당신이 생각하는 그 좋은 직업이라는 게 지금 이 시대의 흐름을 따라간다고 생각하는가? 아니다. 절대 아니다. 예전에 선망의 대상이었던 직업이 지금은 아닌 경우가 많고, 예전에는 무시당했던 직업이 지금은 오히려 인기가 많은 직업도 많다.

자녀들의 미래는 오직 자녀들의 것이다. 당신의 자녀가 실패를 하든 성공을 하든 그것은 오직 자녀가 씨앗을 뿌려야 하고, 그것을 거두어야 한다. 그래야 그런 인생의 많은 경험을 통해서 더욱 큰 것을 배우는 것이다.

그것을 어떻게 부모가 하라는 대로 한단 말인가? 절대 그러면 안 된다. 그렇게 하다보면 자녀의 존재는 없고 그저 허수아비인 당신의 자녀를 보게 되는 것이다. 자녀의 인생을 자녀가 개척하게 해야 한다. 당신의 자녀가 고등학교를 나올 때까지는 부모인 당신이 도와주는 게 지극히 당연한 의무다. 하지만 나이 20세가 넘어가게 되면 그때를 성인이라 하지 않던가?

자녀가 육체적으로는 성인이 되었는데도 계속 정신적으로는 당신 말을 잘 듣는 유아로 만들고 싶은가? 내가 누차 이야기하지만, 나 박정수도 부모님께 효도 잘하기로 아주 유명한 사람이다. 하지만 모든 일을 부모님 말씀대로만 했다면 지금의 이런 모습은 없다.

난 나의 직업을 선택할 때도, 나의 진로를 결정할 때도, 나에게 주어진 큰 문제가 닥쳤을 때도 그때 해주신 부모님의 말씀과 반대로 했던 경우가 많았다. 물론 부모님은 몹시 화를 내셨지만 그때 난 나의 선택을 후회하지 않았고, 또한 그 선택 덕분에 지금 여기까지 왔노라고 자부한다.

당신의 자녀가 20세가 넘으면 절대로 부모인 당신의 말을 순순히 듣지 말게 하자. 그래야 자녀들이 창의성이 커지고 도전정신이 발달한다. 지금 이 시대는 부모의 말을 잘 듣는 순둥이 모범생을 바라는 게 아니라 지극히 도전적으로 창의적인 인물을 바란다. 지금 이 시대에 성공한 사람들 중 부모님의 말씀대로 해서 성공한 사람은 거의 없다는 것을 알아야 한다.

이 책을 읽고 있는 당신은 아마 대부분 부자가 아닐 것이다. 부자가 아닌 사람들은 안정 성향의 의지가 강하고 과거 지향성이 강하기 때문에 당신의 자녀가 불안전한 어떠한 것에 도전하려 하거나 투자하려 할 때 항상 반대하게 되어 있다. 그냥 좋은 4년제 대학을 가라고 할 것이고, 나중에 대학을 졸업하면 공무원이나 공기업에 들어가는 게 최고라고 할 것이고, 그게 안 되면 대기업에 입사해야 그게 최고라고 말할 것이다.

그런데 만약 당신의 자녀가 대기업에 입사한 뒤 내 친구처럼 40대에 퇴출당하면? 그때는 당신은 자녀에게 뭐라 할까? 자녀의 인생을 그렇게 퇴출당하게 만든 것은 어쩌면 당신이다. 세상이 어떻게 변하는지 파악하지도 못한 채 그저 예전 세대의 마인드를 가지고 자녀에게 강요를 한 못난 사람이어서 그런 선택을 당신이 한 거 아닌가? 그러니 잘못은 당신의 자녀에게 있는 것이 아니라 바로 당신들에게 있지 않겠는가?

당신의 자녀가 사진을 좋아하면 사진 쪽으로, 나처럼 부동산을 좋아하면 부동산 쪽으로, 영어를 좋아하면 영어강사 쪽으로, 타일 기술을 좋아하면 타일공(요즘 이 직업이 정말 큰돈을 번다)으로 열심히 도전하라고 하자. 자기가 정말 하고 싶은 일을 하루라도 빨리 해야 그리고 거기에 올인을 해야 성공의 확률도 커진다.

자녀가 당신의 말에 복종한다는 것은 더 이상 미덕이 아니다. 당신의 말에 복종하지 않고 당신의 생각과는 다르게 인생을 살아가는 게 진정 지금 시대에 맞는 것이다.

당신의 자녀를 정부의 노예로 만들고 싶은가?

우리 때만 해도 의사, 변호사, 회계사 등 전문직이 되는 것이 모든 이들의 선망의 대상이었다. 이런 전문직들은 수입이 워낙 많으니 당연히 쉽게 부자가 될 거라는 기대가 있었기 때문이다. 또한 전문직이 되기 위해 많은 노력이 있었을 테니 이런 사람들이 부자가 되는 것은 당연하다고 생각해왔다. 그래서 거의 모든 부모들은 자기 자녀들이 공부를 아주 잘해서 이렇게 전문직을 갖게 되기를 학수고대했다. 당신과 내가 살아왔던 그때는 그랬다.

그런데 지금은 그때와 완전히 다른 시대가 되어버렸다.

당신은 지금 현 시대에 의사, 변호사, 회계사 등의 전문직 중에 큰 부자를 본 적이 있는가? 내가 단언컨대 거의 없다.

왜 그럴까?

전문직이란 게 예전에는 수가 그리 많지 않았다. 시장에서 공급이 그리 많지 않았다. 그러니 당연히 희귀할 수밖에 없고, 그래서 몸값이 높을 수밖에 없었다.

그런데 지금은? 공급이 기하급수적으로 많아졌다. 공급이 예전과 비교할 수 없을 정도로 많아진 것이다.

하지만 부자가 되지 못하는 중요한 이유는 이게 아니다. 전문직 중에는 아직도 수입이 많은 분들이 여전히 존재한다. 그런데 문제는 그렇게 수입이 높으면 높을수록 정작 어마어마한 세금을 정부에 빼앗겨야 한다는 점이다.

예전에는 정부가 세금을 지금처럼 철저하게 수령하지 못했다. 전문직 종사자들이 고객들에게 현금으로 받거나 다른 방법을 이용하면 정부는 그것에 대해 세금을 부과하기가 어려웠다. 그런데 지금은 전문직의 모든 수입이 정부에 노출될 수밖에 없는 구조이기에 수입이 발생하는 족족 세금으로 빼앗기게 되어 있다.

아무리 많이 벌면 뭐 하겠는가? 수입의 거의 반절을 세금으로 내야 한다면. 내가 아는 의사들은 모두 세금 때문에 죽겠다고만 한다. 버는 수입을 어디 하나 숨길 수도 없다고 한다. 정부가 알아서 다 쪽쪽 빨아간다고 한다. 내가 아는 변호사들도 마찬가지이다. 예전과 같은 시대는 이미 끝났다고 말한다.

전문직은 내가 보건대 정부의 수입을 위해서 일해주는 존재가 되어버렸다. 정부는 가만히 앉아서 이런 전문직으로 인해 세금을 꼬박꼬박 받을 수가 있다. 그것도 적은 금액이 아니라 매년 개인당 몇 억씩을 손쉽게 벌어들이게 되는 것이다. 정부 입장에서는 얼마나 감사할 존재인가?

전문직으로 부자가 될 수 있는 시대는 이제 끝났다. 당신의 자녀는 하루라도 빨리 돈이란 게 뭔지, 세금을 어떻게 해야 아낄 수 있는지, 우리가 살아가고 있는 이 자본주의 사회에서 왜 투자자가 되어야 하는지를 알려줘야 한다. 당신이 부모로서 이런 내용을 알려줄 수 있는 능력이 부족하다면 이런 방법이 있다. 요즘은 학생을 대상으로 돈에 대한 내용을 알려주는 게임도 있다. 시중에 이런 게임들이 판매되고 있다. 《부자 아빠 가난한 아빠》의 저자 로버트 기요사키가 만든 게임도 바로 이런 종류다. 이런 게임을 이용해서라도 자녀들에게 돈과 사업, 투자라는 것을 알려줄 수 있도록 해보자.

그러지 않고서는 최고의 지능을 가진 당신의 자녀가 전문직을 선택해 평생 정부의 노예로 살아가게 되어 있다. 정부에게 매달매달 상납하는 노예 말이다. 당신과 나는 학교에 다닐 때 이런 내용을 알려주는 선생님도 없었고, 이런 게임도 없었다. 그러니 우리가 자본주의라는 게 뭔지를 아직까지도 잘 모르는 것이다.

하지만 부디 자녀들에게는 이런 유산을 물려주지 말자. 그들이 자본주의 속성을 잘 이해하고, 그것을 잘 활용해 부자가 될 수 있도록 부모인 당신이 만들어줘야 하지 않겠는가?

오히려 난 요즘 주변의 전문직 종사자들을 보면 한편으로는 불쌍하다는 생각이 든다. 저 좋은 머리로 자신만의 기술을 배우든지, 아니면 더 일찍 자본주의의 꽃인 돈을 공부하든지, 아니면 부동산 투자를 공부하든지, 현장을 돌아다니면서 자기 자신에게 맞는 일이 정말 무엇인지 일찍부터 고민하면서 행동으로 옮겼다면 아마 어마어마한 부자가 되었을 수도 있었을 텐데 말이다. 그 좋은 머리로….

부디 당신의 자녀를 정부의 노예로 만들지 말자.

자녀를 중소기업에 다니게 하자

몇 년 전까지만 해도 나는 자녀가 4년제 대학에 다니는 게 좋다고 생각해왔고, 또한 그 4년제 대학을 졸업하면 공기업, 대기업에 입사하거나 공무원이 되는 것이 가장 좋은 방법이라 생각을 해왔다. 하지만 근래에 나의 생각이 바뀌게 되었다.

나도 공기업을 다녀봤던 사람이고, 영업을 해본 사람이고, 지금은 회사를 운영하는 사람으로서 난 공기업, 즉 큰 기업에 다니면서 배운 게 그렇게 많지 않다고 생각한다. 공기업에 다니면서 5년간 그냥 상사들이 시키는 몇 가지, 즉 아주 단편적인 일들만 했다.

대부분의 사람들은 공기업이나 대기업에 입사하면 아주 많은 것을 배울 거라고 생각을 하지만 실상 입사를 해보면 배우는 게 그리 많지 않은 게 사실이다. 배우는 것이라고 해봐야 회사에서 써먹는 몇 가지 지식 정도일 뿐이다. 그저 큰 회사에 필요한 부속품 같은 역할을 했다고 보는 게 맞을 거 같다.

난 자녀를 정말로 성공시키고 싶은 부모라고 한다면 아무리 좋은 학교를 나오고 좋은 스펙을 가졌다 해도 지금 이 시대에서는 중소기업에 입사하라고 하고 싶다. 중소기업에 가서 아주 밑바닥부터 배우는 것이다. 대신 스페셜리스트specialist가 아니라 제너럴리스트(generalist, 모든 분야에 상당한 지식과 경험을 가진 사람)가 되어야 한다.

회사에서 필요로 하는 모든 일을 다 해보는 것이다. 어느 한 분야만 하는 게 아니라 회사에서 요구하는 모든 것들을 미친 듯이 하는 것이다. 밤늦게까지 남아서라도 그 일을 마스터해야 한다. 그렇게 3년만 일하게 되면 그 회사가 어떻게 돌아가는 지 훤히 알게 되고, 그럼으로써 전반적으로 모든 일들에 꼭 필요한 인재가 되는 것이다. 즉, 회사에서 꼭 필요한 사람이 됨으로써 회사로부터 큰 인정을 받을 수 있게 된다.

공기업 또는 대기업에서 아무리 발 벗고 열심히 일을 해봐라. 거기에서 인정을 잘 받을 수 있을 거 같은가? 인맥, 혈연, 지연, 학연 등 별의별 줄들이 다 있고, 그런 회사에는 워낙 많은 수재가 존재하기 때문에 인정받는다는 게 쉽지가 않다. 게다가 대기업 같은 경우는 40대 중반부터 명예퇴직 위기에 시달려야 하는 게 사실 아닌가? 대기업에서 배운 거라고는 회사가 돌아가는 데 필요한 몇 가지 지식밖에 없는데 회사에서 나가야 한다면, 사회에서는 뭘 할 수 있겠는가?

하지만 중소기업에서 수없이 많은 일을 해보고 많은 경험을 한 사람은 회사 내에서 크게 인정을 받을 뿐만 아니라, 사회에 나와서도 가지고 있는 지식으로 많은 것에 도전할 수 있는 것이다. 그게 바로 무기다.

회사에서 도구로 이용당할 게 아니라 회사가 당신 자녀의 성공의 발판이 되도록 만들어야 한다. 그러려면 중소기업에 들어가야 한다.

변변한 4년제를 다닐 바에야…

＼

난 항상 내 주변 사람들에게 "자녀가 SKY 대학에 입학할 수 있는 게 아니라면 굳이 다른 4년제 대학을 나올 필요가 있을까"라는 의견을 제시했다.

그럼 대학을 안 나오고 어떻게 해야 하느냐고?

글쎄, 당신의 자녀를 어떻게 키워야 좋을까?

요즘은 공기업이나 대기업들이 스펙을 보지 않는 곳이 많다고 한다. 그렇다면 정말 4년제 대학에 들어가서 1년에 수천만 원씩 써가면서 대학 졸업장을 받아야 하는 것인가? 대학에서 받는 교육이라는 게 실상 사회생활이나 회사생활과는 동떨어진 지식인데, 그것을 받기 위해 4년 동안 1억 이상을 정말 대학교에 쏟아 붓는 게 맞는가?

글쎄, 이럴 때 나라면 어떻게 했을까?

먼저 앞에서 언급했던 나의 아들을 예로 들어보겠다. 나의 아들은 3년 전에 서울 소재 대학의 경영학과에 합격을 했다. 난 아들에게 물어보았다. 정말로 그 학교의 그 과를 가고 싶냐고.

그랬더니 아들이 하는 말이 자기 친구들은 모두 서울 시내의 4년제 대학만 가면 좋아하지만, 또 담임선생님도 4년제 대학을 가라고 말씀하시지만 자기는 그렇게 4년제 대학을 가는 거보다는 패션을 공부해보고 싶다고 하더라. 패션을 열심히 공부해서 패션업계에서 자기의 능력을 키워보고 싶다고.

그래서 난 바로 그렇게 하게 했다. 대신 조건이 있었다.

난 나의 아들에게 이렇게 말했다.

"패션학교에 들어가서 1학년 때는 절대 공부할 생각은 하지 마라. 무조건 열심히 놀아라. 남들이 너를 보고 노는 데 미쳤다고 할 정도로 놀아라. 학교 수업은 빼먹어도 된다. 술도 엄청나게 먹어보고, 할 수 있는 것은 다 해봐라. 그리고 여자도 많이 사귀어라. 모텔도 많이 다녀라. 그래서 여자를 보는 눈을 가져라. 그렇게 미친 듯이 놀고 나서 2학년 때부터 패션 공부를 시작해라. 열심히 놀지 못하면 공부도 잘할 수 없다. 질리도록 놀아봐야 너의 앞길을 네가 찾을 수 있다."

나의 아들은 어떻게 생활했을 거 같은가?

정말 1학년 때는 내 말대로 원 없이 놀았다고 하더라. 학교 수업도 많이 안 들어가고 아는 선배들과 함께 열심히 놀러 다녔단다. 또한 여자도 많이 사귀었고, 모텔도 아주 많이 들락거렸다더라. 성적은 과에서 거의 꼴등이었다.

난 이 말을 듣고 아주 잘했다고 칭찬했다. 그리고 다시 말했다. 조만간 네가 패션을 미친 듯이 공부하고 싶을 때가 올 거라고. 그 때 너의 모든 것을 다 걸라고, 모든 것을 거기에 쏟아 부으라고.

지금 나의 아들은 누가 뭐라고 해도 패션 공부에 미쳐 있다. 하도 많이 놀아봐서 노는 것도 이제는 재미가 없단다. 대신 자기가 하고 싶은 것을 정확히 파악했고 그것에 완전히 올인하고 있다고 하더라. 이게 바로 내가 바라던 바였다.

다시 나의 예로 돌아오자.

만약 내가 이런 입장이었다면 어떻게 했을까? 요즘 공기업이나 대기업에서 입사를 하는 데 스펙이 필요가 없다는데, 그런데 난 SKY 대학에 갈 실력이 안 된다면 대학을 가지 않겠다고 바로 결정을 했을 것이다. 그리고 바로 돈을 많이 버는 방법을 생각했을 것이다.

난 학교를 다닐 때 다른 과목의 점수는 형편이 없었지만 영어 하나만은 남들에게 지지 않을 정도로 최상이었다. 영어가 사회생활을 하면서 써먹을 수 있다는 생각도 했고, 영어 자체가 나에게 정말로 재미가 있었기 때문이다.

그래서 난 아마 죽기 살기로 영어공부를 할 것이다. 모든 시간을 영어공부에 쏟아 부을 것이다. 그렇게 해서 아주 단시간에 토익도 만점을 맞고 토플도 만점을 맞을 것이다. 죽기 살기로 영어공부를 하게 되면 1년 안에 이 결과를 가질 수가 있다.

그렇게 두 개 모두 만점을 맞고 나서 난 인터넷에 영어공부를 완벽히 책임져드리는 영어과외를 해드리겠다고 광고를 했을 것이다. 대신 과외료는 아주 비싸게.

그렇게 해서 난 돈을 벌었을 것이다. 어디 가서 대리운전을 하거나 식당에서 아르바이트를 하거나 하는 것은 시간 대비 금전적 보상이 형편없다는 것을 잘 알기에 남들이 정말로 이루기 힘든 것을 내가 이루어서 그것으로 돈을 크게 버는 결과를 가져왔을 것이다.

그렇게 하고 나서 난 영어 관련 사업을 하든지, 아니면 다른 일을 배우기 위해 회사에 입사하든지 그 이후에 판단을 할 거 같다. 대기업 또한 스펙을 보지 않으니 나 자신의 그동안의 경험을 자기소개서에 피력할 것이다. 남들이 만들기 힘든 아주 멋진 모양으로 말이다.

그 대신 나 자신이 대학을 다녀야 할 4년의 기간 동안 그렇게 큰 성과를 이루었기에 나 자신에 대한 자존감이 높고 자부심이 클 것이다. 그게 바로 인생을 성공시킬 수 있는 큰 자산이 되는 것 아니겠는가?

이런 경험이 있는 사람이 나중에 혼자 사업을 한다고 해도 잘 못할까? 아니다. 잘할 것이다. 나중에 회사에 입사해서 회사가 어떻게 돌아가는지를 파악한 다음 다시 사업을 하게 된다면 잘 못할까? 아니다. 아주 잘할 것이다.

자! 나처럼 영어에 관한 일이 아니더라도 세상에는 젊었을 때 도전해서 자기 몸값을 올릴 수 있는 일들이 널리고도 널렸다. 그런 것에 대해서 관심이 없고, 그저 4년제 대학은 꼭 나와야 한다는 마약을 마셔서인지 나처럼 이런 생각을 하는 부모들이 거의 없다.

자녀를 성공시키고 싶다면 정말 한번 곰곰이 생각해보자. 어떤 게 자녀를 위하는 것인지.

이 책을 읽는 당신도 4년제 대학을 나왔겠지만 그게 사회생활을 하는 데 얼마나 도움이 되던가? 난 하나도 도움이 되지 않던데. 대학에서 수업을 들을 때 수십 년 전에 만든 교수의 강의노트를 가지고 수업을 받은 분도 있지 않은가?

그냥 자녀를 월급쟁이로 평범하게 키우고 싶은가? 글쎄, 그렇게 월급쟁이로 평범하게 키울 바에야 한번 당신의 자녀에게 멋지게 도전해보라고 해보면 어떨까?

우리가 알고 있는 수많은 부자 중에는 학교 교육을 제대로 받지 않은 사람들이 정말 많다. 그런데도 왜 우리는 학교 교육에만 그렇게 의존하는 것일까?

부모의 약함을 볼 때 자녀는…

나의 아버지는 항상 성격이 강하셨다. 나에게도 인자하기보다는 언제나 명령을 하셨고, 또한 복종만을 요구하셨다. 물론 내게 공부에만 집중할 것을 지시하셨고, 공부에 관심이 없는 나와 아버지는 학창 시절 내내 갈등이 많았다.

또한 어머니와 자주 부부싸움을 벌여 집 안에서는 언제나 불안감이 컸다. 어머니도 아버지와의 싸움에서 절대로 지지 않으려고 소리도 지르시고 대드시고 하셨다. 아버지와 어머니는 항상 사이가 좋지 않았다. 그러니 나로서는 아버지, 어머니에 대한 불만이 극에 달할 때가 많았다.

아버지가 싫었다. 왜 이리 나에게는 매사 강하게만 대하시고, 공부만 강요하시고, 어머니와는 또 왜 그리 많이 다투시는지 도저히 이해가 되지 않았다. 어머니 또한 나를 키우면서 자주 소리를 지르고 화를 내곤 하셨다. 그래서 난 어머니와 상당한 거리감이 있었다.

난 성인이 되어서 아버지, 어머니와 가깝게 지내지 말아야겠다고 다짐을 했다. 그런데 신기한 일이 발생했다. 그저 엄격하고 강하게만 생각한 아버지가 내가 대학을 졸업하고 취직을 한 지 얼마 되지 않아 너무 힘들다고 눈물을 흘리시는 것이었다. 어머니와의 잦은 갈등, 친척들까지 찾아와서 아버지의 언성이 높아질 정도로 자주 싸우는 과정에서 아버지가 나에게 최초로 힘들다고 하시며 외롭다는 것이었다.

난 그 말을 듣고 아버지에게 잘해드려야겠다는 생각을 하게 되었다. 그동안 살아오면서 아버지에게 가졌던 극한 반항심이 사르르 녹아내렸다. 그때까지 느끼지 못했던 아버지의 초라함을 내 인생 최초로 느끼게 되었다. '나만이라도 아버지를 지켜드리고 옆에 있어야겠구나' 라고 생각하면서 아버지를 내 마음에 품게 되었다.

내가 공인중개사 시험을 암수술을 받은 지 3개월 만에 합격한 것도 그런 아버지의 초라한 모습을 보고 나서였다. 아버지는 내가 수술 받기 전에 이런 말씀을 하신 적이 있다.

"정수야, 아버지가 3년 동안 죽도록 공인중개사 공부를 하는데 합격하지 못해서 너무나 힘들구나. 난 공인중개사 사무실에서 일을 해보고 싶은데 말이다. 그런데 이제는 희망이 없어지는 것 같다."

난 그 말을 듣고 암수술을 받자마자 바로 공부를 해야겠다고 다짐을 했다. 내가 공인중개사 자격증을 따서 내 이름으로 사무실을 차리고 아버지와 함께 일을 해봐야겠다고 다짐을 했다. 단순히 나의 아버지를 위해서 말이다.

그래서 난 죽도록 공인중개사 공부를 해서 기어이 합격을 했는데, 아버지는 나의 공인중개사 합격 소식을 듣고 우셨다. 내 노력이 가상하셨나 보더라.

내가 어머니를 용서한 것은 아버지가 돌아가신 이후 어머니의 약한 모습을 보면서부터이다. 난 솔직히 아버지보다 어머니를 잘 용서하지 못했다. 아버지를 대하는 어머니의 태도가 내 기준에는 잘 용납이 되지 않았고, 실수로 집안의 재산을 탕진한 경우가 몇 번 있으셨다. 어머니와 다툴 때 이런 것을 언급하며 어머니 면전에서 화를 낸 적이 있다.

그런데 어머니가 그러시더라.

"정수야! 정수 네가 엄마를 싫어하는 것은 알겠어. 그래! 그런 점은 엄마가 충분히 이해해. 그런데 정수야, 부탁인데 엄마가 살아오면서 실수했던 것은 이제 그만 말해주면 안 될까? 정수 너에게서 그 이야기만 들으면 엄마가 많이 마음이 아파! 그냥 너의 가슴에 좀 묻어주면 안 될까?"

어머니는 그렇게 나에게 약함을 보여주셨다.

난 어머니의 이 말을 듣고 얼마나 후회를 했는지 모른다. 내가 그동안 어머니를 정말 많이 아프게 했다는 사실에 많이 자책했다.

그날 난 다짐을 했다. 어머니를 용서하자. 그리고 어머니와 절대로 다투지 말자. 어머니에게 항상 재미있고 즐거운 아들이 되자.

내가 부모님에게 나의 바뀐 모습을 보여드린 것은 부모님이 강한 모습을 보일 때가 아니라 부모님이 내 앞에서의 약한 모습을 보일 때였다. 당신의 자녀를 당신 편으로 움직이고 싶다면 자녀에게 당신의 약한 모습을 보이는 것도 필요한 것 같다.

당신의 자녀가 심한 문제를 일으켰거나 도저히 개선이 되지 않는다고 생각될 때는 이렇게 당신이 부모로서 약한 모습을 보일 필요도 있는 거 같다. 이렇게 부모의 약한 모습을 보일 때 자녀가 그동안 가져왔던 반항심이나 갈등도 많이 녹아내릴 것이다.

당신은 자녀가 부자가 되는 법을 모른다

당신이 부모님이라면 당신 자녀에게 부자가 되는 노하우를 알려줄 능력이 있다고 생각하는가? 당신은 정말 부자 되는 방법을 알고 있다고 생각하는가? 당신이 결혼을 한 이후 어떻게 해야 경제적으로 잘살게 되는지 노하우를 알고 있는가?

내가 볼 때 이 세상의 모든 부모 중 부자 되는 방법을 제대로 아는 사람은 1%도 되지 않는다. 그냥 아무것도 모르니 자녀들에게 학창시절에는 공부만 잘하라고 한다. 공부만이 살 길이라고 한다. 계속 자녀들에게 공부만을 강요한 뒤에는 좋은 직장에 다녀야 한다고 주장을 한다. 그리고 자녀가 결혼한 이후로는 저축을 열심히 해서 빨리 집을 장만해야 한다고 말할 것이다. 이 말이 정말 자녀의 가정에 경제적으로 안정된 삶을 가져오고, 자녀를 부자로 만들 수 있는 방법일 거 같은가?

실제로 부자가 된다고 하는 것은 돈이 흘러 다니는 현장에서 일하면서 살아 있는 지식을 알아야 하거나, 부동산 또는 주식 투자 경험을 통해 부자가 되는 노하우를 알 수가 있는데 오히려 자녀가 그런 현장에서 일하려고 하면 부모는 자식에게 사무실 안에서 책상에 앉아 편하게 일하라고만 한다. 손에 펜을 잡고 일하는 게 최고의 직업이라고만 한다.

부모의 말을 아무런 조건 없이 잘 들어온 자녀는 이후 사무실에서 편하게 일할지는 몰라도 이런 자본주의 하에서 그게 얼마나 생명력이 길 거 같은가? 그리고 그 책상에서 무엇을 얼마나 배울 수 있을 거 같은가? 책상 앞에 앉아서 부자가 되는 노하우를 어떻게 알 수 있겠는가? 그렇게 사회생활을 하면서 가정도 꾸리지만 경제적으로 윤택해질 수 있을까?

그냥 한 달 한 달 월급에만 의지하는 삶을 살아야 하고, 맞벌이를 하게 되면 매월 조금 남는 돈에 만족하고 살아야 한다. 어쩌면 이게 당신의 삶의 모습일 텐데, 이런 모습을 다시 자녀에게 강요하고 있는 것이다.

물론 공부로 어느 정도 부자가 될 수도 있다. 그러려면 SKY 대학을 졸업하고 의사나 변호사, 회계사같이 좋은 자격증을 갖고 거기에서 최고 중 최고가 되어야 한다. 그만큼 좋은 자격증을 가지고 있다 해도 지금과 같이 경쟁이 심한 사회에서는 매일매일 피를 토할 만큼의 노력이 필요하다는 말이다. 그래야 살아남을 수 있다.

지금은 바로 그런 정글과 같은 경쟁에서 살아남아야 하는 시대인 것이다.

하지만 가난한 가정의 자녀들, 공부에 특별한 재능이 없는 대부분의 자녀들은 오히려 자신의 미래를 어둡게 생각하고 공부해 봤자 별 볼일 없다면서 그저 빨리 부자가 되는 방법이 없는지를 찾는다. 한 방에 부자 되는 방법을 갈구한다.

솔직히 단시간에 빨리 부자가 되는 방법이 어디에 있는가? 다 수많은 실패와 노력 끝에 부자가 되는 것 아닌가?

공부를 잘할 사람은 떡잎부터 알아본다. 그런 떡잎이 잘되어 있는 사람은 정말로 부모가 공부에 목을 매어야 하고, 또한 그런 자녀는 분명히 공부로 성공할 확률이 크다. 하지만 그럴 인재가 아니라면 굳이 안 되는 공부 붙잡아가면서 시시한 대학 들어가 시시한 직장 잡고 시시하게 살게 되더라.

부자가 되려면 그리고 공부에 그다지 천재적인 머리가 없다면 당신 자녀의 능력을 빨리 깨우치게 하고 적성을 빨리 찾게 해서 그쪽으로 열심히 밀고 나가자. 세상은 변했다. 부모의 말을 들어서 부자가 되는 그런 시대는 이미 지났다.

당신이 부자가 아니고 또한 부자가 되는 방법을 잘 모른다면 자녀에게 당신이 가지고 있는 '부자관富者觀'을 강요하지 말자. 어쩌면 당신의 자녀가 당신보다 더 많이 알고 있을지도 모른다.

당신의 자녀 교육에 필요한 박정수의 실제 예

＼

지금 이 글은 당신의 자녀가 공부를 아주 잘하는 학생이라면 읽지 않아도 된다. 그냥 평범한 학력의 학생이라고 생각되는 사람만 읽어주시기 바란다.

나의 아버지는 나의 학창시절에 쉼 없이 공부만을 강요하셨다. 좋은 직업, 좋은 직장을 가져야 한다는 목표를 나에게 쥐어주시고 그것을 위해 무조건 공부만 해야 한다고 언제나 말씀하셨다. 그러면서 항상 나를 감시하셨고, 나의 개성이나 특성을 무시하셨다. 무조건 공부만 해야 한다고, 다른 것은 아예 신경도 쓰지 말라고 주장하셨다.

결국 난 아버지에게 반항을 해야겠다는 생각에 공부를 내려놓게 된다. 그래서 전교 8등으로 고등학교에 입학했던 내가 졸업할 때는 반에서 18등 정도를 하게 되었으니, 아버지에게 톡톡히 복수를 한 셈이었다.

또한 아버지는 나에게 항상 말을 적게 하라고 했다. 또는 말을 아예 하지 않는 게 좋다고 하셨다. 내가 좀 말을 많이 한다 싶으면 바로 혼을 내셨다. 남자가 묵직하고 의젓해야지 왜 그리 말을 많이 하려고 하느냐고. 또한 내가 자주 웃으면 왜 그리 남자가 자주 웃느냐고 혼을 내셨다. 결국 난 아버지 앞에서는 말도 많이 할 수 없었고, 쉽게 웃을 수도 없었다.

그런데 이게 대학생활을 처음 시작하면서 사람들과 내가 언제 말을 해야 하고 언제 웃어야 할지 고민에 빠지게 하는 결과를 만들었다. 사람들의 만남에 자신감을 갖지 못했다. 사람들과 대화를 제대로 이어 나가지 못했다. 사람들이 "박정수 너는 왜 그렇게 잘 웃지를 않느냐"고 묻더라.

다른 예로 나의 작은 이모 가정은 우리 집과 정반대였다.

이모부가 워낙 애정이 많고 부드러우시고 사랑이 넘치셔서 자녀들에게 항상 웃는 모습으로 대하셨고, 언제나 집 안에서는 웃음이 넘쳐났다. 부모와 자녀 간에 대화를 시도 때도 없이 많이 하셨고, 자녀에게 무슨 공부를 강요하거나 하지 않았다. 또한 이모부는 언제나 자녀들 앞에서 이모를 아껴주는 모습을 보여주셨고, 이모의 말씀을 모든 가족 구성원이 다 따르는 분위기였다. 요즘 가족 행사에서 이 두 분을 만나 뵈어도 여전히 이모만을 위하는 이모부의 모습에 다들 혀를 내두를 정도다.

또한 이 자녀들은 화목한 분위기 속에서 모두 자기가 가고 싶은 대학을 졸업하고 지금은 자기가 하고 싶은 일을 하면서 참 재미있게 살아가더라.

난 대학 입학 후 1학년 2학기 때부터 정말 많은 사람들을 만났으며, 함께 술을 엄청나게 먹었고, 놀기도 정말 원 없이 놀았다. 이때는 아버지가 고등학교 졸업할 때까지 나에게 요구하셨던 것과는 정반대로 살았다. 그런데 이때의 이 경험이 나중에 사회생활을 할 때 얼마나 도움이 되었는지 모른다.

난 대학 시절 수많은 사람과 술을 마시면서 그들과 대화를 나누며 사람 사귀는 능력을 키웠고, 상대방의 말을 경청하는 자세를 가지게 되었고, 또한 나의 잘못된 부분에 대해 선배들에게 혼나기도 했던 것들이 사람을 사귀는 사교 능력을 키우게 했고 나중에 사회생활을 하는 데 큰 도움이 되더라.

회사생활을 할 때 선배들이 "박정수 너는 술을 마실 때 주도가 좋고, 평상시에 선배를 대하는 태도가 참 좋다"고 칭찬을 했고, 그런 말이 위에 계신 부장님, 전무님께 전달되어 나중에 이분들에게 얼마나 많이 예쁨을 받았는지 모른다.

또한 나의 사람을 대하는 태도가 영업을 할 때 큰 도움이 되어 지점 1등의 원동력이 된 게 사실이다. 즉, 학교에 다닐 때 제대로 놀아보고 사람도 많이 만나보고 술도 많이 마시고 많은 경험을 해본 것이 나의 직장생활에 큰 도움이 되었을뿐더러 영업을 하는 데도 아주 큰 역할을 하였다.

그런데 내가 대학생 때 만약 도서관에서 공부만 하는 그런 사람이었다면? 좋은 스펙을 얻기 위한 노력만 했다면? 그랬다면 내가 사회생활을 하면서 많은 사람에게 인정을 받을 수 있었을까? 영업에서 두각을 나타낼 수가 있었을까?

난 학교를 다닐 때 수많은 여성과 이성 관계를 가졌어야 했다. 그래서 여자를 보는 눈을 가졌어야 했다. 어떤 부류의 여자는 나에게 어떻고, 어떤 부류의 여자는 나에게 저렇다는 나만의 기준을 가졌어야 했다. 그런데 그런 눈이 없다 보니 나중에는 후회할 수밖에 없는 첫 번째 와이프를 만나게 된 것이고, 이후에도 나의 실수로 또한 다른 이유로 이혼 2번에 결혼 3번이라는 '훈장'을 갖게 된 것이다.

이 과정에서 얼마나 많은 정신적 아픔과 경제적인 상처가 있었겠는가? 그래서 난 대학을 다닐 때 이성 친구도 많이 만나고, 이성 친구들과 모텔도 자주 다니라고 하고 싶다. 그렇게 이성교제 경험이 많아야 사회에서 이성을 만나거나 이후 부부생활을 할 때 실수를 하지 않을뿐더러 후회도 하지 않게 된다.

당신의 자녀가 대학을 다닐 때는 정말 원 없이 놀아봐야 한다.

그렇다고 무조건 대학에 다니는 동년배들과 놀라는 말이 아니다. 대학을 다니지 않는 사람들이라든가 당신의 자녀와 완전히 딴 세상에 살고 있는 사람들이라든가, 아니면 사회생활을 하고 있는 나이가 훨씬 많은 인생 선배 같은 사람들과 많이 부대끼고 놀아봐야 한다. 자녀가 살아가는 세계가 아닌 완전히 다른 세계에서 살고 있는 사람들을 만나야 세상을 바라보는 게 달라지고, 더 많은 간접 경험을 하게 되는 것이다.

나도 대학을 다닐 때 친한 친구 몇몇과 항상 같이 돌아다니면서 시내의 껄렁껄렁한 건달부터 정말 쉽게 볼 수 없는 나이 지긋한 50대 사장님들까지 별의별 사람들을 만났다. 그러다 보니 내가 생각하는 범위가 내 나이 또래 사람들은 거의 상상할 수 없을 만큼이나 성장하게 되었고, 오히려 내 친구들, 학교 선배들이 나의 대화 영역에 낄 수 없을 정도였다. 어떨 때는 나의 친구들이 되게 어려 보이고 생각이 왜 이리 작은가 싶을 때가 많았다.

이렇게 각양각색의 사람들을 만나고 많이 놀아봐야 사람의 마인드와 행동이 커진다. 내가 대학생으로서 젊었을 때 사업을 하는 사장님들을 그렇게 많이 만나봤기에 나도 나중에 사업을 해봐야겠다는 생각을 하게 된 것이다.

또한 대학 시절에 내 친구들, 후배들에게 술을 많이 사 주다 보니 나중에는 술값이 모자라서 그것을 충당하기 위해 건설 막일을 많이 했다. 그런데 그렇게 막일을 많이 해보니 돈이 얼마나 벌기 힘들고 소중한지를 배우게 되더라.

자녀가 젊을 때는 땀 흘려 힘들게 돈을 벌어보게 해야 한다. 그래야 돈이 얼마나 벌기 어려운 것인가를 알게 된다.

난 지방대를 나와서는 사회에서 성공하기 어렵다는 현실을 빨리 파악했다. 그래서 사회생활을 시작하자마자 성공에 대한 책, 재테크에 대한 책, 돈에 대한 책, 경제에 관한 책을 어마어마하게 읽었다. 그렇게 엄청난 책을 읽다 보니 나 같은 사람은 직장생활만으로는 이런 자본주의 사회에서 성공할 수가 없다는 것을 깨닫게 되었다. 그래서 다니던 공기업을 과감히 때려치우고 나의 모든 것을 걸고 보험영업이라는 세계에 뛰어들게 되었다. 난 성공에 대한 열망이 많았고, 성공에 대한 책을 많이 읽었다. 그러면서 절대로 생각만 해서는 성공을 할 수도 없으며, 그 생각을 바로 행동으로 옮기고, 행동으로 옮기고서는 무조건 자기 자신의 모든 것을 걸고 도전해야 한다는 것을 바로 책들을 통해서 깨닫게 된 것이다.

당신의 자녀도 고등학교를 졸업하게 되면 책을 정말 많이 읽게 해야 한다. 책 속에 길이 있더라. 책을 많이 읽게 되니 내가 알지 못한 세계, 내가 가야 할 세계가 보이더라. 지금의 성공한 모습을 이루기까지 이 거대한 독서량이 얼마나 큰 역할을 했는지 모른다. 내가 만약 책 읽는 것을 좋아하지 않았다면 난 지금 얼마나 지질하게 살고 있을까?

난 아버지에게 항상 예절과 예의에 대한 교육을 귀가 따갑게 받았다. 윗사람을 대할 때 어떻게 해야 한다는 말씀부터 아랫사람에게는 어떻게 하는 게 예의라는 것을 아버지와 같이 있을 때마다 귀가 따갑게 들었다. 그런데 신기한 게 나는 아버지께서 나에게 해주시는 그 예의에 대한 말씀이 참 좋더라. 왜냐고? 그게 나중에 사회생활을 할 때 성공하는 데 큰 무기가 될 거 같다는 생각이 들어서였다. 그래서 난 아버지가 말씀해주신 것을 대학생활을 할 때부터 그대로 써먹었다.

이렇게 예의 있는 태도로 사람을 대하니 대학생활을 할 때 다른 사람들에게 인기가 많았고, 사회생활을 할 때도 윗분들, 선배들이 나를 특히나 좋아하셨다. "요즘 젊은 사람들은 예절이나 예의가 거의 없는데, 박정수 자네는 예의가 바른 걸 보니 참으로 마음에 든다"는 말을 많이 들었다. 나중에 영업을 하면서도 나의 이 태도가 영업실적에 막강한 힘을 발휘했던 것도 사실이다.

그래서 난 당신이 부모라면 자녀에게 주기적으로 어느 때는 어떤 예절을 갖춰야 하는지, 어느 때는 어떻게 해야 다른 사람들에게 인정을 받을 수 있는지를 알려줘야 한다고 생각한다. 요즘은 어린 학생들이나 젊은 사람들 중 예의 없는 사람이 너무나도 많다는 것은 당신도 잘 알 것이다. 그런 사람들을 보면 얼마나 보기 싫은가?

그러니 당신은 그런 자녀를 만들지 말자.

나의 과거를 이렇게 밝히게 되어 부끄럽지만, 나의 이 과거가 당신의 자녀를 키우는 데 조금이나마 도움이 되길 바라는 마음에 밝히게 된다.

당신은 주방에서 일을 해보세요

＼

1년 전쯤 한 청년과 진로에 대한 상담을 했다. 그 청년은 전문대를 나와서 군대를 제대하고 20대 초중반의 나이에 우연히 나의 전작 《바보부자》를 읽고 성공에 대한 의지가 커져서 나를 직접 보고 자기의 진로를 정하고 싶다는 것이었다. 이 청년이 나에게 하는 말이 과거에 내가 보험 영업에서 큰 실적을 올린 내용을 《바보부자》에서 보고 나서 자기도 보험 영업을 해보고 싶다는 것이었다.

난 그 청년의 말을 듣고 바로 반대했다.

그 이유는 첫째, 그 친구의 얼굴이 영업에 어울리지 않았기 때문이다. 영업이라는 것은 많은 사람을 상대해야 하는 일인데, 그 친구의 얼굴은 사람을 상대할 수 있는 그런 얼굴이 솔직히 아니었다. 얼굴이 많이 어두웠고, 왠지 모르게 상대방을 제대로 쳐다보지 못하는 것이었다. 둘째는 그 친구의 말솜씨가 상당히 어눌했다. 많은 사람과 대화를 나눠야 하는 게 영업인데, 그런 말솜씨로는 영업을 하기에 부적합했기 때문이다.

그래서 난 이 청년에게 왜 그가 영업에 맞지 않는지에 대해 설명을 했다. 그랬더니 그 청년이 나에게 그럼 자기는 뭘 하면 되겠냐고 반문을 하더라.

난 다시 물었다. 지금까지 보험 영업 말고 다른 것을 하고 싶은 것은 없었냐고. 그랬더니 없었다고 하더라. 다시 대학 진학을 할지 묻길래 절대 그러지 말라고 했다. 변변찮은 대학 나와 봐야 세상에서 인정받지도 못하고 항상 어렵게 살 확률이 크다고 말했다.

그래서 난 이 청년에게 주문을 했다. 나와 헤어지고 나면 바로 서점에 가서 직업에 대해 설명하는 책을 다 읽으라고. 그 많은 직업들 가운데 사무직 같은 그런 직업이 아니라 그 청년이 선택할 수 있는 기술 분야 위주로 책을 읽어보라고. 그런 기술이 있어야 평생을 제대로 살아갈 수 있다고 말했다.

또한 그렇게 직업 관련 책을 계속 읽다 보면 자신이 하고 싶은 게 뭔지 느낌이 오는 게 있을 거라고, 그 느낌을 받고 나서 나를 다시 만나러 오라고 말했다.

몇 달이 지났을까, 청년이 다시 나를 보고 싶다고 연락을 했다. 내 말대로 서점에 가서 직업에 관한 책을 많이 읽다 보니 자기가 요리를 해보고 싶은 것을 느끼게 되었다고 하더라. 그리고 우연히 지인의 소개로 삼계탕집에서 주방 보조로 일할 수 있는 기회가 생겼는데, 이 일을 해도 되겠느냐고 나에게 물었다.

난 바로 무조건 하라고 흔쾌히 대답했다. 서양 음식의 경우 워낙에 많은 사람들이 도전을 하기 때문에 주방장이 되는 것이 경쟁력이 없지만, 삼계탕 같은 음식은 요즘 젊은 사람들이 많이 도전하는 요리가 아니기에 분명히 승산이 있을 거라고 말했다.

대신 절대로 그냥 주방 보조일을 시작하지 말고 내 말대로 무조건 하라고 이렇게 주문을 했다.

첫째, 아무리 주방 보조로 일한다 해도 음식점에 출근을 할 때는 무조건 양복을 입고 넥타이를 하고 가라. 대부분 주방에서 일하는 사람들을 보면 옷을 아무렇게나 입고 출근을 한다. 하지만 당신은 절대로 그러면 안 된다. 양복을 입고 아주 단정한 모습으로 출근을 해야 한다. 머리도 아주 짧게 깎아야 한다. 당신을 나중에 인정해주는 사람은 당신 또래의 사람이 아니라 당신보다 훨씬 나이가 많은 사장급들이다. 그러면 그 사람에게 맞춰야 한다. 그러니 깔끔한 정장을 차려입고 출근을 해라.

둘째, 출근은 다른 사람이 출근하기 한 시간 전부터 해야 한다. 그리고 출근을 해서 음식점을 모두 다 청소해라. 음식점 입구부터 식당 안의 구질구질한 곳을 모두 다 청소를 해라.

셋째, 그렇게 청소를 하다 보면 직원들이 하나둘 출근을 할 것이고, 그 이후 사장도 출근을 할 것이다. 그러면 그 사람들에게 아주 큰 목소리로 인사를 해라. 고개도 크게 숙이고, 무조건 아주 큰 목소리로 인사를 해야 한다.

넷째, 주방에서 일을 시작하게 되면 맨 밑 허드렛일부터 할 것이다. 그러면 그 허드렛일을 주신 주방장에게 감사하다고 말하면서 아주 열심히 해야 한다. 나중에 주방장으로 성공하려면 그렇게 맨 밑바닥 일부터 낱낱이 잘 알아야 한다. 기초가 제대로 되어 있지 않은 사람은 절대로 나중에 성공을 할 수 없으니 무조건 아주 소소한 일도 당신이 모든 최선을 다해서 해야 한다. 그래서 그것의 달인이라는 말을 들을 정도로 잘해야 한다. 감자를 깎는 일이면 그것에 최고가 되어야 한다. 파를 다듬는 것도, 닭의 배를 가르는 것도 최고가 될 정도로 열심히 해라. 그렇게 하다 보면 윗사람에게 인정을 받게 되어 있다.

다섯째, 무조건 기록을 해라. 오늘 하루는 어떤 음식 준비를 했고, 그렇게 준비하면서 어떤 게 부족했고, 또한 어떤 것이 좋았다는 것을 매일매일 기록해야 한다. 주방장이 삼계탕을 만들 때 어떠어떠한 방법으로 만들더라는 것도 매일 기록해야 하고, 어떤 음식을 내놓았을 때 손님들이 좋아하는지도 기록을 해야 한다. 또한 점점 시간이 지나면서 음식에 하나둘 손을 대기 시작하면서는 그 음식의 레시피를 매일 기록해라. 어떻게 어떤 재료를 넣었더니 어떤 맛이 나고, 어떤 것은 좀 아니다 싶은 것을 매일매일 기록해라.

그리고 나중에 시간이 나면 직접 당신의 방법으로 음식을 만들어서 그 맛을 보고 그것에 대한 기록, 즉 레시피를 하나둘 만들어 나가라. 삼계탕 음식점이 많지만 어떤 집은 손님으로 문전성시를 이루고 어떤 집은 파리만 날린다. 그것은 그 주방장의 맛에 달려 있는 것이니 매일매일 당신만의 기록을 만들어라.

여섯째, 직원들의 태도를 잘 보고 그 태도에 손님들이 어떻게 반응하는지 매일 자기 전에 기록을 해라. 나중에 당신도 음식점을 차려서 사장이 되는 것이 목표일 것이고, 그렇게 되면 직원을 부려야 하니 직원의 태도에 따른 손님들의 반응을 지금부터 유심히 봐놓아야 한다.

직원들의 어떤 친절에 손님이 어떻게 좋아하는지, 직원들의 어떤 불친절을 고쳐야 하는지, 직원들의 말투가 손님들에게 어떤 반응을 일으키는지 잘 기록해둬라.

난 이 친구에게 이렇게 하겠노라는 약속을 받고 헤어졌고, 4개월 정도 후에 다시 보자고 약속을 했다. 시간이 지나 4개월 뒤, 이 청년을 다시 만나는데 내가 정말 깜짝 놀랐다. 예전의 그 어두운 모습이 거의 보이지 않았다. 또한 그 어눌한 말투도 많이 개선되어 있었다.

난 물었다. 요즘 그 음식점에서 일하는 게 어떠냐고. 그랬더니 정말 재미있다고 하더라. 자기가 그 음식점에서 가장 먼저 출근하고, 출근을 하자마자 음식점 입구부터 청소를 시작하고, 사장님과 직원들에게 큰 소리로 인사를, 하고 하다 보니 사장이 인정을 해주더란다. 또한 직원들도 좋아하더란다.

게다가 내가 요청했던 것처럼 자기가 매일 기록한 내용들, 음식에 대한 자기만의 레시피를 나에게 보여주려고 잔뜩 가지고 왔더라. 정말 매일매일 기록했더라. 아니, 이럴 수가! 그 자신감 없어 하고 눈빛이 죽어 있던 친구가 이렇게 변하다니.

자기도 처음 나를 만날 때보다 아주 많이 변했음을 느낀다고 했다. 자신감이 많이 생겨서 아주 좋다고 했다. 난 30여 분 정도 이 친구를 칭찬하다가 다시 제안을 했다. 지금의 이 모습을 계속 유지하면서 6개월 뒤 다시 나를 찾아오라고. 그리고 그때 한번 어떤 모습인지 보자고.

그 청년이 며칠 전에 찾아왔다. 정말 약속한 그날, 그 시각에 정확히 찾아왔다. 이 청년에게 물었다. 지금도 그렇게 똑같이 하고 있냐고. 그랬더니 지금도 내가 말한 대로 하고 있단다. 이제는 몸에 익어 그렇게 하는 게 어렵지 않다고 했다. 그런데 이상하게 얼굴에 약간 어두운 모습이 있기에 왜 그러냐고 물었다.

이 청년이 대답하기를 그동안 자기가 일하는 음식점 사장님과 직원들 간에 마찰이 있어 주방장도 그만두고 다른 직원 몇 명도 그만두게 되었고, 그것으로 인해 지금 자기가 주방장이 되어 일을 한다고 했다. 또한 그동안 다른 음식점에서 자기가 하는 모습을 보고 스카우트 요청도 왔었기에 자기도 지금 음식점을 그만둘까 말까 고민이라고 했다.

난 바로 대답을 했다. 지금 그 모습은 바로 신이 주신 기회라고.

"사장 입장에서는 직원들이 그렇게들 다 동요하는데 혼자 남아 묵묵히 일하는 모습이 고맙고 대견할 것입니다. 그러니 절대로 옮길 생각 하지 말고 무조건 남아서 지금처럼 열심히 일하십시오. 그러면 사장이 당신을 높이 평가할 겁니다. 그럴 때 당신이 사장님에게 연봉을 올려달라고 하세요. 그리고 지금까지 기록해온 레시피를 보여주세요. 다른 음식점에 당신을 빼앗기고 싶지 않아서라도 사장님은 당신에게 높은 연봉을 줄 겁니다."

이 청년은 웃으면서 떠났다. 그리고 다시 6개월 뒤에 만나기로 했다.

만약 이 청년이 대학에 다시 입학했다면 어땠을까? 아마 도서관에서 열심히 취직 준비를 했을 것이고, 나중에 취직이 되더라도 회사의 부속품으로 존재했을 것이다.

하지만 이 친구는 자기의 기술을 가지려 노력했고, 다른 직원들과 차별되는 행동을 하려고 끊임없이 노력했다. 그리고 결국 1년

만에 사장이 인정하는 사람이 된 것이고, 다른 음식점에서 스카우트 제의도 받을 만큼 다른 사람에게도 인정을 받은 것이다.

이런 모습이 성공의 밑거름이 되는 게 아닐까?

그저 자녀를 대학에 보내서 취직을 시키는 게 중요한 게 아니라 이렇게 자기 자신만의 무기와 기술을 가지는 게 현 시대에 맞는 모습 아닐까 싶다.

자녀에게 지식이 아니라 기술을…

＼

예전에는 요리사라고 하면 많은 사람들이 무시를 했다. 그런데 지금은 셰프라고 해서 각광받는 직업이 되었다. 또한 큰 수입을 올리는 사람도 많다.

요즘 자동차 정비를 하시는 분들 중에도 큰 수입을 올리는 분들이 많다. 수입차만을 전문으로 하시는 분들도 있고, 정비 실력이 출중해서 그 정비사만 찾는 손님들로 인산인해를 이루는 곳도 있다고 하더라.

내가 살고 있는 집 가까운 곳에 화원이 있는데, 여기도 자기만의 특징을 살려 차별화를 내세워 영업을 하다 보니 꽃을 사러 오는 손님들이 아주 많다.

난 이런 모습을 보면서 나의 자식들에게도 이런 기술을 갖게 해서 나중에 사업체를 차리면 좋지 않을까 싶은 때가 아주 많다. 대기업에 입사하고 공무원 시험에 합격하고 해서 인생을 살아본들 정말 그 모습이 자기가 살고 싶었던 인생을 살게 되는 것일까? 입사시험이나 공무원시험에 합격하기 위해 그렇게 공부를 하고 지식을 쌓고 하는 게 인생에 얼마나 도움이 될까?

난 당신의 자녀에게 오히려 자기가 하고 싶은 일에 대한 기술을 쌓게 하는 게 성공으로 가는 지름길이라고 본다.

요즘은 건설현장에 외국인 노동자들이 아주 많다. 힘든 일을 하지 않으려는 한국인들 때문에 외국인 노동자를 어쩔 수 없이 써야 한다고 한다. 내가 아는 타일공 일을 하시는 선생님은 왜 요즘 젊은이들이 타일공 일을 싫어하는지 모르겠다고 하시더라. 타일공 작업이 그리 어렵지도 않고, 노무비도 하루에 30~40만 원 정도 하기 때문에 한 달에 20일 정도만 일해도 700만 원 이상을 버는데, 요즘 젊은이들은 이 일을 아예 하려고 하지 않기 때문에 타일공을 구하기도 어렵다고 말씀하신 적이 있다.

이분은 한 달에 보름 정도만 타일공 일을 하시고 나머지 반절은 화가로서 그림을 그리신다. 그러면서 자기는 지금 이 타일공 일이 얼마나 감사한지 모르겠다고 하신다. 자기 기술을 가지고 일을 하다 보니 회사에서 퇴직을 당할 일도 없고, 자기가 일하고 싶을 때 일하고 쉬고 싶을 때 쉬는 자유를 갖게 되었다는 것이다. 게다가 앞으로는 타일공 하는 사람도 점점 줄어들어 자기 일이 더욱더 희소해질 거라고 하시더라.

기술을 갖는 일을 하는 게 시간이 가면 갈수록 무기가 되지 않을까? 그런데 요즘 젊은이들은 그저 공무원 시험, 대기업 입사 시험만 준비하고 있으니…….

요즘 젊은이들은 뭘 하려고 하지를 않아요!

며칠 전 '총각네야채가게'를 운영했던 이영석 대표를 만났다. 이분의 성격과 나의 성격이 워낙 도전적이고 남성적이어서 서로 말이 아주 잘 통했다. 또한 우리 둘 다 죽자 사자 노력한 끝에 성공의 맛을 봤던 사람들이라 서로 만나서 대화하는 그 기분이 참 좋았다.

그런데 이분이 나와 대화를 하다가 이런 말을 하더라.

"대표님! 저는 우리나라에서 성공한다는 게 어렵지 않다고 봐요. 정말 죽자 사자 열심히 하면 어디에서든 성공을 안 할래야 안 할 수가 없는 그런 사회거든요. 그런데 말입니다, 요즘은 젊은 청년이나 학생들에게 이런 말을 못해요. 이 젊은 세대들이 고생하는 것을 아예 하려고 하지를 않아요. 그냥 편하게만 지내고 싶어 해요. 제 말이나 조언을 들으려고 하지도 않아요. 그래서 저의 노하우를 가르쳐줄 젊은이들이 요즘에는 거의 없어요. 참 슬픈 현실입니다."

맞다. 난 이 말에 동감한다. 요즘 젊은 사람들 또는 학생들과 대화를 나누다 보면 '이 친구들은 정말 고생이라는 말 자체부터 싫어하는구나'라는 생각이 절로 든다. 그냥 고생 없이 잘 살고 싶고, 뭐든 편하게 일하고 싶어 하는 것이다.

난 그래서 부모가 자녀에게 억지로라도 고생을 시켜봐야 한다고 생각한다. 집에서 억지로 쫓아내보기도 하고, 억지로 건설 막노동도 시켜보고, 음식점 서빙도 시켜보고, 집안일도 마구 시켜보고. 대학에 입학하면 그 후부터는 아예 용돈을 끊어버리고….

그렇게 해야 자녀가 고생이라는 것이 뭔지도 알고, 부모에게 고마움도 느끼고, 돈의 소중함도 알지 않겠는가?

자녀가 올바른 인생, 성공하는 인생을 살게 하기 위해서는 고생이라는 것이 무엇인지 그 의미부터 제대로 알게 해야 한다. 그러니 제발 자녀에게 고생을 많이 시키자.

당신의 자녀에게 꼭 공무원, 공기업을?

요즘은 젊은이에게 최고의 직업은 공무원 또는 공기업 직원이 되는 것이라고 한다. 또한 대부분의 부모도 요즘같이 어려운 시대에 자녀들이 안정된 공무원이 되고, 공기업에 입사하기를 열렬히 바라는 게 사실이다. 그래서인지 노량진 학원가에는 공무원 준비를 하는 학생들이 문전성시를 이루고, 공무원 시험 경쟁률도 수십 대 일을 넘어 백 대 일을 넘는 경우도 있다고 한다.

그런데 당신도 정말 자녀가 공무원이 되고, 공기업에 입사를 하는 게 좋다고 생각하는가? 그렇게 어렵게 그런 직장에 입사하면 자녀가 행복해질 거 같은가?

난 자녀가 나중에 성공하기를 바란다면 공무원이 되거나 공기업에 입사를 하면 안 된다고 생각한다. 나도 공기업에서 처음 사회생활을 시작한 사람이다. 내가 공기업에 입사를 했을 때가 1998년 IMF가 한창일 때였기 때문에 나도 부모님도 얼마나 좋아했는지 모른다. 하늘을 날아다니는 것 같은 기분이었다.

공기업에 입사하고 2년 정도는 그 안에서 일을 배우느라 정신이 없었다. 그런데 그 이후부터 나는 '이렇게 공기업에서 일을 하면 나 자신이 발전하는 데 한계가 있겠다'는 생각이 스멀스멀 생기기 시작했다.

공무원 또는 공기업 직원이라는 위치가 국가의 업을 해야 하는 자리로서 도전적이거나 창의적인 일을 하는 것이 거의 불가능하다. 특히 매년 감사監査를 받아야 하는 입장이기 때문에 괜히 어떤 일로 감사에서 지적을 받게 되면 평생 그 굴레를 벗어날 수가 없다. 즉, 감사에서 지적받지 않기 위해서는 예전에 계속해온 방식 그대로 업무를 볼 수밖에 없는 것이고, 상사들도 아래 직원이 어떤 일을 할 때 굳이 창의적이거나 도전적으로 일하는 것을 좋아하지 않거나 또는 그러한 일을 아예 하지 말라고 하는 경우가 많다.

또한 국가 일을 하는 입장이라 민원에 시달리는 경우가 허다하다. 민원인들의 수많은 불만을 접하고 그것을 해결하는 데서 받는 스트레스 또한 아주 크다.

그렇다면 이런 분위기의 공무원, 공기업 직원이 당신의 자녀를 어떻게 만들 것 같은가?

당신의 자녀는 이런 안정된 직장, 즉 공무원이 되거나 공기업에 입사하게 된 이후부터는 보수적인 직장 내 프레임 안에서만 움직이는 기계와 같은 존재로 점점 변하게 되는 것이다.

그러다보니 점점 마인드가 작아지고, 세상을 보는 눈이 좁아지고, 무엇인가에 도전하려는 의식이 사라지고, 민원인의 거센 저항에 부딪혀 위축되게 된다. 시간이 지날수록 이러한 것에 익숙해지게 되고, 결국에는 언제나 복지부동의 자세를 가진 사람이 될 수밖에 없는 것이다.

당신은 진정 당신의 자녀가 이런 사람이 되는 게 좋은가?

세계적인 투자의 귀재 짐 로저스가 우리나라의 가장 큰 문제점 중 하나로 지적한 게 수많은 젊은이가 공무원 시험 준비에만 매몰되어 있는 것이라고 했다. 즉, 인생을 새로운 무대에서 도전하겠다는 의지가 없이 그저 공무원 시험에 합격해서 편안하고 안정된 직장에 머무르려는 자세를 지적한 것이다. 그 때문에 대한민국이라는 나라가 발전의 원동력을 잃고 있는 모습이 안타깝다고 했다.

만약 내가 공기업에 지금까지도 남아 있었다면? 난 그저 남의 눈치나 보고, 주어진 일만 하려 하고, 나중에 감사에서 지적받지 않으려고 예전에 선배들이 했던 업무 방법을 그대로 따라 하는 사람으로 남아 있을 것이다.

내가 성공에 관한 많은 밑거름을 얻게 된 것은 바로 그 공기업을 퇴사하고 나서부터다. 부모님의 반대를 무릅쓰고 수많은 선배들의 질타를 받으면서도 그 이후 보험 영업을 해봤고, 전국 방방곡곡 현장을 돌아다니면서 부동산 투자를 해봤고, 수많은 사람들을 만나봤고, 사기도 당해봤고, 배신도 당했고, 많은 인간관계를 가지면서 내가 배운 것은 정말 어마어마하게 많았다. 이 많은 경험이 나를 성공으로 이끌어준 것이다.

세상이 많이 변했다. 예전에는 책상 앞에서 펜을 들고 일하는 것을 최고라 여겼지만, 지금은 자기 기술, 자신의 능력과 경험이 큰 성공을 이끌어주는 시대이다. 예전의 방식을 자녀에게 강요할 게 아니라 자녀가 진정 하고 싶은 일을 하게 하거나 자녀가 재능 있는 일에 하루라도 빨리 매진하는 것이 성공을 향한 좋은 시작이 아닐까?

그리고 한 가지 더 말하고 싶은 게 있다. 공무원이나 공기업 직원이 되면 평생을 박봉으로 살아야 한다. 연봉 인상도 매년 정부가 정해준 그 쥐꼬리만 한 인상률 안에서만 이루어진다.

당신의 자녀가 겨우 그 박봉으로 이런 자본주의 사회에서 경제적으로 잘 살아갈 수 있을 거 같은가?

죄송하지만, 당신의 자녀에게 공무원이 되라거나 공기업에 입사하라고 하기보다는 이 넓은 세상에는 도전할 것들이 아주 많으니 그쪽으로 멋지게 도전해보라고 권하면 어떨까?

이 책이 하나밖에 없는 당신의 멋진 인생에…

나는 부부관계 전문가가 아니다. 부부관계 관련 박사나 석사 같은 학위가 있는 사람도 아니다. 또한 나는 자녀관계에 대한 전문가도 아니다. 이쪽 분야에 대한 교육을 받아본 적도 없다.

그래서 처음 이 책의 원고를 쓰기 전 고민이 많았다. 내가 이 분야의 전문가가 아닌데 이렇게 글을 써서 책을 출간할 만한 자격이 될까 의심이 들었던 게 사실이다.

그런 고민을 하면서 서점에 가서 부부관계, 자녀관계 관련 책들도 많이 읽어봤다. 그런데 아무리 책을 많이 읽어봐도 뭔가 구체적이지 않고 뜬구름 잡는 듯한 내용들, 현실적으로 잘 와닿지 않는 내용들이 대부분이었다.

결국 난 글을 쓰기로 결심을 했다. 내가 가진 부부와 자녀에 관한 생각이나 마인드 그리고 많은 경험이 이 시대에 살고 있는 분들에게 확실한 도움이 될 거라 확신했고, 그리고 바로 이렇게 행동으로 옮기게 되었다.

이 책은 그동안 출간된 부부 및 자녀 관련 책들과 내용이 확연히 다르다. 내용이 아주 구체적이고 시원시원하다. 아주 자극적인 내용도 있다. 자신의 인생이 최고이기에 이혼을 해서라도 멋지게 살라는 내용부터 시작해서 자녀를 성공시키고 싶다면 공부를 시키지 말라는 내용도 있다. 이 책의 내용은 대부분 보통 사람들이 지금까지 부부와 자녀관계에 대해 생각해온 일반적인 내용과 판이하게 다르다.

난 결혼 실패 경험을 두 번이나 겪으면서 남편과 와이프가 서로 어떻게 생활을 해야 부부관계가 원만해지고 행복해질지에 대해서 다른 사람들보다 더 많이 고민하고 깨달아왔다. 또한 15년 이상을 많은 사람과 상담하는 직업을 가져온 바, 수많은 부부의 애환과 갈등을 함께 상의하고 해결한 경험이 많았고, 게다가 많은 부모들과 자녀 문제를 같이 상담했던 적이 부지기수로 많았다.

이런 많은 경험을 통해 실제 부부관계와 자녀관계에서 현실적으로 도움이 될 수 있는 나만의 생각, 노하우를 가지게 된 것이기에 이것을 바탕으로 이번 책을 기술하게 되었다. 이 시대에 살고 있는 수많은 부부, 부모, 자녀에게 이 책을 통해 큰 도움이 되고야 말겠다고 다짐했고, 결국 이렇게 나의 여덟 번째 책이 세상에 나오게 되었다.

그동안 내가 출간한 책들은 부동산 투자 관련, 성공 관련 그리고 나의 자전소설이었다. 물론 내가 출간한 모든 책에 애착이 가지만, 이번 책 《당신은 내 운명, 당신은 내 웬수》는 정말 내가 꼭 한 번 출간해보고 싶었던 책이다. 그만큼 최고로 애착이 가는 책이다.

지금이야 안정된 부부생활을 하고 있지만, 나의 자전소설인 《바보부자》에도 밝혔듯이 과거 나의 인생에서 너무나도 힘든 부부생활을 겪으면서 나처럼 이렇게 힘든 부부생활을 하지 않도록 세상에 도움이 되는 책을 내보자는 생각을 수도 없이 많이 해봤다.

또한 학창 시절에 내가 아버지와 워낙 갈등이 많았기에 많은 분과 갈등을 겪고 있는 자녀 문제를 같이 이야기하면서 세상에 자녀 문제를 현실적으로 도와줄 수 있는 책을 내보고 싶다는 욕심이 많았다.

결국 그 결과인 이 책 《당신은 내 운명, 당신은 내 웬수》를 출간하게 되었다. 가슴이 벅차다. 부디 이 책이 하나밖에 없는 당신의 인생에 혁혁한 도움이 되었으면 한다. 당신의 멋진 인생을 만들어 나가는 데 나침반 역할을 하기를 바란다. 또한 당신의 자녀를 성공적으로 키우는 데 조금이나마 도움이 되기를 진심으로 바란다.

2020년 2월 10일 사무실에서 담배를 태우며…

새우와 고래가 함께 숨쉬는 바다

당신은 내 운명, 당신은 내 웬수

지은이 | 박정수
펴낸이 | 황인원
펴낸곳 | 도서출판 창해

신고번호 | 제2019-000317호

초판 인쇄 | 2020년 02월 21일
초판 발행 | 2020년 02월 28일

우편번호 | 04037
주소 | 서울특별시 마포구 양화로 59, 601호(서교동)
전화 | (02)322-3333(代)
팩시밀리 | (02)333-5678
E-mail | changhaebook@daum.net / dachawon@daum.net

ISBN 978-89-7919-180-6 (03810)

값 · 15,000원

ⓒ박정수, 2020, Printed in Korea

* 잘못된 책은 구입하신 곳에서 교환해드립니다.

이 도서의 국립중앙도서관 출판예정도서목록(CIP)은 서지정보유통지원시스템 홈페이지(http://seoji.nl.go.kr)와 국가자료종합목록 구축시스템(http://kolis-net.nl.go.kr)에서 이용하실 수 있습니다.(CIP제어번호 : CIP2020005291)

Publishing Club Dachawon(多次元)
창해 · 다차원북스 · 나마스테